Solange ich lebe

ANA FAY

Solange ich lebe

Bibliografische Information der Deutschen Nationalbibliothek
Die Deutsche Nationalbibliothek verzeichnet diese
Publikation in der Deutschen Nationalbibliografie;
detaillierte bibliografische Daten sind im Internet über
http://dnb.d-nb.de abrufbar.

© 2010 Ana Fay
Herstellung und Verlag:
Books on Demand GmbH, Norderstedt
ISBN: 978-3-8391-6856-1

Das Leben an sich sorgt genug für Lerninhalte.
Man muss sie sich nicht selber schaffen.
Man darf dafür sorgen, dass es einem gut geht.
Es ist aber schon so,
dass man sich selbst begegnet,
wenn man an seine Grenzen stösst.
Seien es körperliche oder psychische.

Prolog

„Ach herrje! Nun komm schon!" Catherine versuchte vergeblich, den Schirm zu öffnen, welcher sich verklemmt hatte. Es regnete in Strömen. Aber darüber sollte man nicht klagen. Das Sommergewitter tat gut, es war wieder drückend heiss gewesen heute und der Regen verlieh der Stadt einen wohltuenden Gefallen. Die Regentropfen spritzen ihr vom Asphalt entgegen, der Donner rollte, wie sie unter dem Vordach der Bibliothek mit ihrem Schirm das Gespräch fortsetzte. Es war kein besonders freundliches Gespräch.

Das war ein anspruchsvoller Tag gewesen! Die Leute schienen trotz der Hitze das Interesse an Büchern nicht verloren zu haben. Die Trägheit hatte sich anscheinend noch nicht ganz durchgesetzt. Sie war froh darüber.

„Geniess den Abend!" Ernesto, ein Arbeitskollege, hob die Hand, öffnete elegant den Schirm mit der andern und trat an ihr vorbei. Er blickte zurück. „Hast du ein Problem mit dem Schirm?"

„Sieht es danach aus?", fragte sie gereizt. „Entschuldige, war nicht so gemeint. Es war ein harter Tag, ich bin müde", fuhr sie fort, als sie seinen Gesichtsausdruck sah.

„Keine Ursache. Ich kenn dich ja." Er schmunzelte. „Soll ich dich bis zum Bahnhof mitnehmen?"

„Das ist nett, danke, aber es geht schon. Sobald ich dieses Ding da offen habe." Sie schüttelte den Schirm energisch.

„Na dann. Bis morgen!" Ernesto lachte, winkte und verschwand unter den bunten Regenschirmen.

Ihr Schirm sprang beim nächsten Versuch plötzlich auf und sie trat in den Regen. War Christian wohl schon zuhause? Heute war Montag, das bedeutete meistens einen Haufen Arbeit in der Praxis. Falls er schon wartete, hatte er wahrscheinlich bereits gekocht. Das tat er gerne und gut. In einem Monat würde Christian ihr Mann sein. Dann würde ein neues Leben beginnen. Wirklich? Ein neues Leben? Konnte, oder sollte man sogar ein neues Leben beginnen, wenn man heiratete? War danach irgendetwas anders? Heiraten war eine reine Formsache, es bedeutete ja nicht, dass man sich anders verhalten musste. Trotzdem war da eine vage Ungewissheit.

Auf der Brücke blieb sie stehen und schaute in den Fluss, welcher langsam und träge unter ihr dahinfloss. Die Regentropfen zeichneten auf der Oberfläche tausend kleine Kreise. Sie verliefen ineinander und formten ein wunderschönes Muster.

Heiraten. Neues Leben?

Sie genoss es, für ein paar Minuten in den Ringen des Wassers und den Gedanken ihrer Wünsche zu versinken.

Sie stand an der Hauptstrasse am Rand einer grossen Wiese mit einem Rucksack bepackt und hielt den Daumen in die Höhe. Die Autos brausten vorbei und der Arm wurde schwerer und schwerer. „Verdammt, warum hielt keiner an?" Sie steckte sich gerade eine Zigarette an, als ein luxuriöser Wagen neben ihr bremste. „Wo möchten Sie hin?", fragte der charmante junge Herr. Er trug einen Anzug und Krawatte und lächelte.

„Ans Meer. Ich war noch nie da..."

„Na dann, steigen Sie ein."

Szenenwechsel. Ihre Füsse versanken im heissen Sand, das Meer umspülte ihre Beine, die Sonne wärmte den Rücken, der Wind streichelte ihr Gesicht. Kinder bauten Sandburgen und rotgebräunte Erwachsene schmierten sich weisse Sonnencreme auf den Bauch. Ein Eisverkäufer eilte in roten Strandsandalen durch die Hitze und versuchte sein Glück bei den im Schatten liegenden Leuten. Sie war allein und sie war glücklich.

Jemand stiess mit seinem Schirm an den ihren, wobei sie ein paar Tropfen ins Gesicht gespritzt bekam.

„Entschuldigung", murmelte der ältere Herr und hastete weiter.

In der Realität bekam sie höchstens nasse Füsse wegen eines Sommergewitters. Sie hatte in ihrer Jugendzeit weder Autostopp gemacht, noch eine Zigarette ausprobiert. Als Erwachsene sowieso nicht. „Schön blöd. Und bald ist es zu spät", murmelte sie und kämpfte sich weiter durch die Menschenmassen, welche zum Bahnhof strömten.

„Entschuldigen Sie. Können Sie mir vielleicht sagen, wie ich am schnellsten zum Bahnhof komme?"

Jemand tippte Catherine auf die Schulter.

Sie drehte sich erschrocken um und erstarrte. Sie brauchte ein paar Sekunden, um sich vom Schreck zu erholen. Sie blickte in das Gesicht der Unbekannten und wusste sofort, dass diese Frage rein rhetorisch war, dass diese Frau sie ganz bestimmt nicht angesprochen hatte, weil sie den Weg zum Bahnhof suchte.

Kapitel 1

Kommissar Kurt Andersen hatte es nicht immer leicht. Aber wer hatte das schon?

Er sass in seinem Büro im Polizeipräsidium auf einem bequemen Ledersessel, fasste sich in seine bereits leicht ergrauten, schütteren Haare und feilte an einem Bericht, den er heute Abend noch unbedingt abgeben wolle.

Schreibarbeiten waren ihm ein Gräuel, schon in der Schule hatte er Deutschunterricht gehasst. Es gehörte nun mal zu seinem Beruf und darum versuchte er, die Sache so schnell als möglich hinter sich zu bringen. Es ging um einen Mordfall, welchen er soeben abgeschlossen hatte. Es war eine langwierige Geschichte gewesen. Der Täter, ein 23 jähriger Mann hatte ein ganzes Team von Polizisten, Ärzten und Reportern lange genug an der Nase herumgeführt, aber seine hartnäckigen Bemühungen hatten gefruchtet. Hartnäckig. Ja, das war eine seiner positivsten Eigenschaften. Deswegen wurde er im Team sehr geschätzt, was ihm wieder Anerkennung brachte und Freude am Beruf. Dieser gefiel ihm, wenn er nicht gerade Berichte schreiben musste. Aber damit konnte er leben. Kein Beruf bestand schlussendlich nur aus Sonnenseiten. Die Lehrer müssen sich mit frechen Schülern und fordernden Eltern abgeben, ein Maler bekommt früher oder später Lungenprobleme wegen der Dämpfe, ein Polizist muss eben Berichte schreiben und Leichen betrachten.

Die Uhr auf seinem Schreibtisch zeigte beinahe neun Uhr abends. Die meisten anderen sassen zuhause bei ihren Ehepartnern auf dem Sofa und genossen ein Feierabendbier. Da niemand auf ihn wartete, hatte er es auch nicht eilig. Da er im Dienst war, erledigte sich auch das Thema Bier. Ein Kaffee tat auch seinen Dienst. Die meisten Frauen hatten ihn nach kurzer Zeit wieder verlassen. Mit 41 Jahren war er im besten Alter, aber es war schwierig, Frau und Beruf unter einen Hut zu bringen. Bis jetzt verliefen diese doch zahlreichen Versuche erfolglos. So redete er sich ein, dass kurze Bekanntschaften besser waren, als gar keine. Dass er sich damit selber betrog, war ihm bewusst, aber man musste sich das Leben ja nicht unnötig schwer machen, oder? Dass niemand auf ihn wartete, stimmte so auch nicht ganz. Es gab doch seine Goldfische, darunter Anton, seinen Lieblingsfisch, welcher im Aquarium ganz aufgeregt umherzappelte, wenn er, meistens spätabends, die Tür aufschloss und ein eigentlich unnötiges „Hallo" in die Wohnung rief. Unnötig? Wenigstens Anton zuliebe wollte er diese Begrüssung nicht missen. Es wäre natürlich schöner gewesen, wenn jemand auf sein Rufen geantwortet hätte, aber wie gesagt, man konnte nicht alles haben im Leben.

„Hey, du bist noch da?" Seine Assistentin Antoinette Walker streckte den Kopf zur Türe herein, ihre braunen Locken wippten dabei spielerisch um ihr Gesicht.

„Ja, ich hab mir die leidige Aufgabe des Berichts schreiben auf die Nachtstunden verschoben in der Hoffnung, dass es schneller geht. Man sagt doch, dass man mehr Inspiration hat in der Nacht." Er grinste.

Antoinette grinste zurück. „Naja, die meisten Künstler nutzen die Kräfte des Mondes, ja, das stimmt schon. Er soll zu ganz spezieller Inspiration verhelfen. Aber haben wir heute nicht Neumond?"

„Ah, darum komme ich nicht vorwärts. Jetzt ist mir alles klar." Er griff sich theatralisch an die Stirne.

„Du siehst müde aus", meinte Antoinette.

Ihre Anteilnahme erwärmte Andersen. Es kam nicht oft vor, dass sich jemand Gedanken machte über ihn, sein Leben, geschweige denn seinen Gesundheitszustand.

„Naja, der Neumond raubt Energie, du weißt schon. Viele fühlen sich seltsam leer während dieser Tage", winkte er ab.

Antoinette lächelte. „Ich wollte nur schnell sagen, dass ich jetzt weg bin."

„Alles klar, in diesem Falle wünsche ich dir einen schönen Abend, oder eine gute Nacht."

Antoinette sah ihn vielsagend an.

„Es ist ja schon bald nicht mehr Abend", ergänzte er verlegen.

„Danke. Schreib nicht mehr zu lange an deinem Bericht, das bringt nichts bei Neumond!" Antoinette lachte.

Sie hatte ein umwerfendes Lachen, wie Andersen fand. Am liebsten hätte er noch ein paar Witze gerissen, damit er sie nochmals lachen sah, aber ihm kam nichts Schlaues in den Sinn. „Ja, danke. Bis morgen."

„Bis morgen."

Antoinette schloss die Tür, was er sehr bedauerte. Antoinette war Mitte dreissig und sehr attraktiv. Wenn er sichs eingestand, war er ein bisschen verliebt in sie. Oder ein bisschen mehr als „ein bisschen"? Aber bis jetzt hatte er keine Versuche unternommen, bei ihr zu landen. Warum, wusste er eigentlich auch nicht genau. Er war einfach kein Aufreissertyp. Oder auch, weil er sich keine

Chance ausrechnete. Sie war meistens umschwärmt von Männern, warum sollte sie gerade ihn wollen? „Hey, Kommissar Andersen, wo bleibt dein Selbstvertrauen?", murmelte er zu sich selber. Vielleicht wäre es eine Lösung, wenn er eine Frau aus dem gleichen Beruf wählte? Ach, er musste sich wieder seinem Bericht zuwenden, sonst würde er nie Feierabend machen können.

Das Telefon auf seinem Schreibtisch befreite ihn aus einem komplizierten Satz. Ach Herrgott! War der diensthabende Kollege von der Nachtschicht wieder mal auf dem Klo? „Andersen", murrte er dementsprechend schlecht gelaunt in den Hörer und notierte die Nummer vom Display auf einem Zettel.

„Dr. Christian Falk hier. Ich habe ein Problem."

„Haben wir das nicht alle?", dachte Andersen.

„Meine Freundin ist heute Abend nicht nach Hause gekommen. Sie ist nicht erreichbar auf dem Handy. Ich mache mir grosse Sorgen, das ist überhaupt nicht typisch für sie."

„Könnte es sein, dass ihre Freundin einen kurzfristigen Termin hatte und Ihnen nichts davon gesagt hat?"

„Herr Kommissar Andersen, mir ist bewusst, dass Sie mir jetzt tausend Varianten aufzählen können, wo meine Freundin sein könnte. Zumal sie erst weniges Stunden verschwunden ist. Aber hören Sie, es ist wirklich nicht üblich, dass sie wegbleibt, ohne Bescheid zu sagen oder dass sie ihr Handy ausgeschaltet hat!"

„Also gut. Wie heisst Ihre Freundin? Ich werde die Personalien aufnehmen und dann sehen wir weiter."

„Sie heisst Catherine Lohmann. Sie ist 32 Jahre alt. Sie hat braune, längere Haare, braune Augen, ist zirka 1.70m gross. Sie trägt eine hellblaue, dünnstoffige Hose und eine weisse Bluse."

Andersen schrieb die Informationen auf den Zettel. „Heute Nacht kann ich noch nichts für Sie tun. Dazu ist ihre Freundin noch zu wenig lang verschwunden. Falls ich bis morgen Mittag nichts von Ihnen höre, werde ich eine Vermisstenanzeige aufgeben."

„Geht das nicht schneller?"

„Nein, leider nicht."

Christian Falk seufzte. „Danke für Ihre Bemühungen. Auf Wiederhören."

„Machen Sie sich nicht all zu sehr Sorgen. Ihre Freundin kommt bestimmt zurück." Er sprach aber nur noch mit dem Hörer. Christian Falk hatte diesen bereits aufgelegt.

Andersen nahm seine Jacke und verliess das Büro. Der Bericht musste bis morgen warten. Neumond war wirklich sehr schlecht für die Inspiration und Anton brauche sein Futter.

„Catherine, willst du mich heiraten?" Christian kniete vor Catherine auf dem Teppich und überreichte ihr mit Tränen in den Augen eine langstielige, rote Rose. Catherine fiel ebenfalls auf die Knie und ihm um den Hals. „Ja! Ja, natürlich will ich dich heiraten! Ich will für immer nur dir gehören!" Sie lagen sich in den Armen und weinten vor Glück. Ein langer, zärtlicher Kuss folgte und mehr. Happy end.

Ganz so romantisch war das nicht gewesen. Keine Szene aus einem Kitschroman. Leider. Aber immerhin hatte sie seinen Antrag angenommen. Das war vor drei Monaten. Catherine war seine Verlobte und sie würden in ein paar Wochen heiraten.

Christian sass am Küchentisch vor einem halbvollen Teller mit kalten Spaghetti. Ganz unüblich träumte er von diesem wundervollen Moment. Als Arzt sah er sich eher als sachlichen Analytiker, denn als einen romantischen Prinzen auf weissem Pferd. Das durfte nicht einfach vorbei sein. Es durfte einfach nicht! Wo bist du Catherine? Er war beinahe krank vor Sorge und der lähmenden Ungewissheit. Es war absolut nicht üblich, dass Catherine weg blieb, ohne ihm Bescheid zu sagen. Er hatte mit sämtlichen Freundinnen ihrerseits telefoniert, welche ihm in den Sinn gekommen waren, aber niemand konnte ihm etwas über den Verbleib von Catherine sagen. Sie hatte um halb sechs Uhr die Bibliothek verlassen und seither fehlte jede Spur. Die Polizei musste doch etwas tun! Er würgte eine weitere Gabel Spaghetti hinunter und kleckerte sich dabei Tomatensauce auf die Hose, weil seine Hand zitterte. Es war ihm egal. Total versalzen war das Zeugs auch. Wenn ein Koch das Essen versalzt, ist er verliebt? Ja, das sagte man so und es stimmte. Er war verliebt in Catherine, bis über beide Ohren. Seit er sie in der Bibliothek kennen gelernt hatte, war er hingerissen von ihr. Er war auf der Suche nach einem wissenschaftliches Buch und Catherine hatte ihm dabei geholfen, es zu suchen. Sie trug ein hellgrünes Kleid, das so wunderbar zu ihrem braunen langen Haar und den brauen Augen gepasst hatte. Das war im Sommer vor zwei Jahren. Am liebste hätte er ihr schon dort zwischen den Büchergestellen einen Antrag gemacht. Aber so schnell hatte er sich natürlich nicht vorgewagt. Man soll ja nichts überstürzen. Er lud sie zum Essen ein, danach zu sich nach Hause. Es war eine wundervolle Nacht. Er hatte eigentlich nicht damit gerechnet, dass Catherine so schnell mit ihm schlafen würde, aber sie wollte es so. Sie war eine selbstbewusste, liebevolle Frau, genau das liebte er an ihr. Sie war eine Frau der Taten, nicht eine Frau der leeren Worte. Sie erzählte ihm, dass sie früher schlechte Erfahrungen mit Männern gemacht habe, aber bei ihm hatte sie sich anscheinend wohl gefühlt. Das war für ihn das Wichtigste. Catherine sollte glücklich sein.

Erst gestern Abend noch war die Welt in Ordnung gewesen. Die Welt drehte sich jetzt noch immer, aber er selber war aus dem Gleichgewicht geraten.

Sie hatten gegessen und sich danach aufs Sofa gesetzt. Sie hatten es sich zum Spiel gemacht, aneinadergekuschelt auf dem Sofa zu sitzen und sich gegenseitig Fragen zu stellen. „Was magst du am liebsten an mir?" fragte Catherine. „Alles!" „Ach komm, das glaub ich dir nicht! Bestimmt gibt es etwas, das dich furchtbar nervt." „Also gut, manchmal habe ich etwas Mühe damit, dass du launisch und gereizt sein kannst." „Ich bin eben eine Frau, und Frauen sind manchmal launisch. Vor allem vor und während ihrer Tage." Christian nahm sie liebevoll in die Arme. „Nächste Frage: glaubst du an die ewige Liebe?", fragte er. „Ja, daran glaube ich seit ich dich kenne. Ich werde dich lieben, solange ich lebe. Und falls mir etwas passieren sollte, werde ich im Himmel auf dich warten." „Das ist das schönste Versprechen, das ich jemals bekomme habe", flüsterte Christian. Er küsste sie leidenschaftlich und streichelte sie. Sie erwiderte seinen Kuss.

Meistens endeten die Fragerunden in einer lustvollen Nacht. So auch gestern. Catherine hatte wunderschön ausgesehen, dort auf dem Sofa. Die Tränen schossen ihm in die Augen und er begann zu schluchzen. „Reiss dich zusammen!", sagte eine Stimme in ihm. „Nein, lass den Tränen freien Lauf, das tut gut!", sagte ein andere. Er hörte auf die zweite Stimme.

Wenn er geahnt hätte, dass sich alles schon so bald ändern würde, hätte er Catherine nie mehr losgelassen. Aber wer weiss schon, was die Zukunft bringt?

Catherine, wo bist du? Bald würde sie nach Hause kommen. Es musste ganz einfach so sein.

Es klingelte an der Tür. Er stolperte durch den Flur und riss die Tür auf. Dass sein Gesicht tränenüberströmt war, kümmerte ihn wenig. Ebenso wenig wie der Mann, der vor der Türe stand. Es war nur der Nachbar, welcher fragte, ob er ein wenig Zucker haben dürfe.

Kapitel 2

Hotel zum goldenen Schlüssel. Ein grosser, goldiger Schlüssel und ein weisses Schild mit schwarzen Buchstaben prangten über dem Eingang des Hotels. Das „l" fehlte auf dem Schild, so dass dort „Schüssel" stand. Auch sonst machte das Haus einen ziemlich verwahrlosten Eindruck. Hellblaue Fensterläden, von welchen die Farbe abblätterte, die Fassade hätte auch dringend einen neuen Anstrich nötig.

„Mehr als ein oder höchstens zwei Sterne können da nicht drin liegen", befand Andersen.

Antoinette, welche ihn begleitete, nickte. „Sehr ungemütlich!"

Das Hotel befand sich in einer dunklen Seitengasse. Freiwillig hierher verirrten sich wohl nur herumstreunende Katzen auf der Suche nach Mäusen und Ratten. Es wunderte ihn daher auch nicht, dass keine Schaulustigen herumstanden und blöd gafften, wie das normalerweise bei einem Unfall oder Mord der Fall war. Dass er hierher gerufen wurde, dass hier ein Verbrechen geschehen sein sollte, passte irgendwie zum Bild. Wahrscheinlich wurden hier einige zwielichtige Geschäfte abgewickelt. „Aber man soll keine Vorurteile haben", sagte er mehr zu sich selber und sie traten durch die Tür, welche beim Aufstossen erbärmlich quietschte.

Um sieben Uhr morgens hatte sein Telefon ihn aus dem Schlaf gerissen, vier Minuten später hätte ohnehin der Wecker geklingelt, aber diese vier Minuten waren vier Minuten zu früh. Zumal er schlecht hatte einschlafen können. Neumond war auch schlecht für den Schlaf, hatte er befunden.

Eine Frau war tot im Hotel zum goldenen Schlüssel aufgefunden worden. Sie gingen an der unbesetzten Reception vorbei und nahmen den Lift in den zweiten Stock. Der Lift war ausgestattet mit einem fleckigen, hellbraunen Teppich und einem Spiegel an der Rückwand, in welchen er um diese Uhrzeit lieber nicht blicken wollte.

Stimmen drangen ihnen entgegen, als sie aus dem Lift traten, der Arzt und die Spurensicherung waren also bereits am Tatort. Sie fanden die entsprechende Tür.

Die Frau lag auf dem Boden vor dem Balkon auf einem ebenfalls fleckigen Teppich. Die Balkontüre stand noch immer offen, es war drückend warm im Zimmer. Der bekannte süssliche Geruch drang in seine Nase, bei dieser Hitze schritt die Verwesung schnell voran. Am Kopf der Frau klaffte eine Wunde. Andersen stöhnte, als er sah, was die Frau trug: eine hellblaue, dünnstoffige Hose und eine weisse Bluse, auf welcher überall Blutspuren zu sehen waren. Die braunen Haare waren zu einem Pferdeschwanz zusammengebunden, die braunen Augen starrten ausdruckslos ins Leere. Die Lippen waren rot geschminkt.

„Catherine Lohmann", sagte er, im Türrahmen stehend.

„Hallo Kurt! Hallo Antoinette!" Der Mann von der Spurensicherung sah auf. Er machte ebenfalls einen müden Eindruck. Aber das machte er, seit Andersen ihn kannte. „Woher kennst du ihren Namen?"

„Ich bin nicht hundert Prozent sicher, aber eine Frau mit dieser Beschreibung wurde gestern Abend als vermisst gemeldet. Und die hiess Catherine Lohmann."

„Wir werden sehen. Wir sind gerade dabei, nach Fingerabdrücken zu suchen. Wobei „suchen" ein falsches Wort ist. Es gibt haufenweise Fingerabdrücke. Kein Wunder, hier wurde anscheinend fast nie geputzt. Das Hotel gilt als Stundenhotel. Als Absteige für schöne Stündchen, wenn du weißt, was ich meine." Er zwinkerte Andersen zu.

Andersen zwinkerte zurück.

Antoinette sah diskret zur Seite.

„Das Zimmermädchen hatte die Frau gefunden, als Sie das Zimmer aufräumen wollte. Sie steht unter Schock und ist jetzt in ärztlicher Behandlung. Gemäss ihrer Aussage hat sie aber nichts angefasst ausser der Türklinke."

Er fuhr damit fort, weitere Fingerabdrücke zu sichern.

Antoinette trat auf den Balkon, um sich dort umzusehen. „Was denkst du, war es Mord oder ein Unfall?"

Andersen beugte sich über die Leiche. Es war wahrscheinlich eine auffallend schöne Frau gewesen. Nun klaffte auf ihrer Stirne eine grosse Wunde, was das Gesicht ziemlich entstellte. In ihren Zügen lag noch immer irgendwie der Ausdruck von Überraschung. „Sie hat eine schwere Verletzung am Kopf. So wie es aussieht, ist sie gegen das Balkongeländer geprallt, dieses ist aus Stein und wir haben Blutspuren gefunden. Ob es Mord war, wissen wir natürlich noch nicht. Wir gehen mal davon aus, weil die Frau im Zimmer liegt, das Balkongeländer aber Blutspuren aufweist. Wahrscheinlich zeigt die Obduktion mehr."

Ein Stundenhotel. Catherine, welche sich nach Angaben ihres Freundes nie verspätet hatte und als ausgesprochen zuverlässig galt. Wie passte das zusammen? Irgendwie überhaupt nicht. „Habt ihr keine Ausweise gefunden?", fragte er.

„Nein, überhaupt nichts! Im Badezimmer fanden wir die üblichen Utensilien. Shampoo, Duschmittel. Aber keine persönlichen Sachen wie Ausweise oder Papiere."

Andersen besah sich das Badezimmer. Hier war nichts Auffälliges. Das Lavabo war trocken, daneben fand er eine Flasche Duschmittel, Zahnbürste, einen Kamm und ein Täschchen mit Schminkutensilien. Der rote Lippenstift lag zuoberst. Die Dusche war etwas fleckig, anscheinend war sie benutzt worden. Aber sicher war er sich nicht. Der Dreck konnte genauso gut vom Vorgänger stammen.

Er trat wieder ins Zimmer. Im Nachttischchen fand er nur eine obligate Bibel. Der Schrank war leer. Alles deutete darauf hin, dass das Zimmer wirklich nur für eine Stunde gebucht worden war. Zuvor hatte die Frau vielleicht geduscht. Um einen Mann zu empfangen? Das Bett war unbenutzt, die Bettwäsche fein säuberlich gebettet. Der Mord musste also sehr wahrscheinlich schon gestern Abend passiert sein.

„Wisst ihr etwas über die ungefähre Todeszeit?"

„Gestern Abend zwischen acht und neun, schätzungsweise", gab der Arzt zur Antwort, welcher dabei war, die Leiche zu begutachten und diverse Notizen auf seinem Laptop zu machen.

„Ich werde ihren Freund informieren um sie zu identifizieren", meinte Andersen. „Ach ja, noch was. Wurde ein Handy gefunden?"

„Nein, überhaupt nichts Persönliches, es ist ziemlich seltsam. Normalerweise haben Frauen ja wenigstens eine Handtasche bei sich."

„Okay, das genügt mir vorerst."

„Am Balkongeländer hab ich Blut gesehen, es ist ziemlich wahrscheinlich, dass sie sich dort gestossen hat", meinte Antoinette.

Andersen nickte. „Ja, gut möglich. Wollen wir weiter?", fragte er Antoinette. „Wir hören voneinander." Andersen verabschiedete sich mit einem Handgruss.

In der Empfangshalle, wenn man diese überhaupt als solche bezeichnen konnte, denn eigentlich war es mehr ein breiter Flur als eine Halle, in welcher die Reception stand, fanden sie nun eine etwas nervös wirkende junge Frau, welche dabei war, in einem Ordner zu blättern. Auf dem Tresen stand ein Schildchen, darauf las er: „Daniela Schmid".

„Mordkommision, Kommissar Kurt Andersen", stellte er sich vor. „Das ist meine Assistentin Antoinette Walker.

„Ich schau mich mal im Hotel ein wenig um", raunte sie ihm zu.

„Okay", sagte Andersen und wandte sich wieder an Frau Schmid. „Ich denke, Sie wissen, was passiert ist. Darf ich Ihnen ein paar Fragen stellen, Frau Schmid?"

„Ja, natürlich! Es ist schrecklich, was mit dieser armen Frau passiert ist.", entgegnete sie, legte den Ordner beiseite und schaute ihn mit braunen, grossen Rehaugen an. „Was möchten Sie wissen?"

„Wie kommt es, dass eine so junge, charmante Dame in einem solchen Hotel arbeitet?"

Die „junge, charmante Dame" errötete. „Ich mache das nur ein paar Wochen in meinen Ferien", antwortete sie. „Und auch erst seit zwei Wochen. Ich brauche das Geld für mein Physikstudium. Zudem hab ich hier einen Haufen Zeit um zu lernen. Es läuft nicht so viel." Sie zeigte auf den Ordner. „Sagen Sie es nur nicht meinem Chef, dass ich hier lerne!"

„Von mir erfährt er nichts. Physik, alle Achtung!"

Sie fuhr sich mit den Fingern durchs lange blonde Haar.

„Ja, es gibt mittlerweile immer mehr Frauen, welche diese Richtung wählen. Es sind noch drei weitere in meinem Jahrgang. Ich bin froh darüber, denn eigentlich ist es ja schon eher eine Männerwelt."

„Ja, das kann ich mir vorstellen. Sie sagen, es läuft nicht viel, so dass Sie Zeit haben zum Lernen?"

„Ja. Eigentlich ist es ziemlich öde hier. Aber ich muss froh sein, etwas gefunden zu haben. Ich bin verantwortlich für die Reservationen, bediene das Telefon, empfange die Kunden. Aber das Hotel ist nicht besonders gut gebucht."

„Was sind es für Kunden, die hier übernachten?"

„Übernachten?" Sie lachte leise. „Ich habe das ja nicht gewusst, als ich die Stelle hier angenommen habe, sonst hätte ich es mir wahrscheinlich nochmals überlegt. Aber die meisten buchen die Zimmer nur für eine Stunde oder einen Nachmittag. Für... naja, Sie wissen schon." Sie errötete wieder und drehte an einer Haarsträhne.

Andersen nickte. „Auf welchen Namen wurde das Zimmer reserviert, in welchem die Tote gefunden wurde?"

„Auf Lohmann."

„Müssen die Kunden nicht Vorname, Nachname und Adresse angeben?"

„Ach, wissen Sie, das nimmt man hier nicht so genau. Viele Frauen steigen sogar unter falschem Namen ab, weil sie nicht erkannt werden wollen in ihrem Geschäft. Dafür müssen sie im voraus bar bezahlen."

„Und Frau Lohmann hat das gemacht? Im voraus bezahlt, meine ich?"

„Ja, sie hat für eine Nacht bezahlt. Sie hat gemeint, dass sie das Zimmer eventuell für weitere Nächte buchen möchte, es aber noch nicht sicher wisse. Da wir nicht ausgebucht sind, war das kein Problem. Im Gegensatz zu andern Kunden hat sie auch für die ganze Nacht reserviert und nicht nur für den Nachmittag."

„Was denken Sie, wofür sie das Zimmer wollte?"

„Oh, das kann ich wirklich nicht beantworten." Frau Schmid zuckte die Schultern. „Sie machte auf mich einen normalen Eindruck. Also, mit normal meine ich, dass sie nicht aussah, wie eine Dame vom Gewerbe. Es wunderte mich ein wenig, ich hätte gedacht, so wie sie sich kleidet, könne sie sich sicher ein besseres Hotel leisten. Sie trug einen eleganten Hut, daran kann ich mich noch erinnern. Aber das soll nichts heissen. Es gibt ja viele verschiedene Charakteren und man kann sich in den Menschen täuschen, wenn man auf Vorurteile setzt. Ich glaube nicht, dass sie im Gewerbe gearbeitet hat, aber eben, ich kann es ihnen natürlich nicht mit Sicherheit bestätigen."

Andersen nickt. „Schon klar."

Das Telefon klingelte.

„Entschuldigen Sie." Frau Schmid nahm den Hörer ab. Es war, so wie er verstehen konnte, eine Reservation für heute Nachmittag. Die Meldung, dass hier eine tote Frau gefunden wurde, war also noch nicht an die Öffentlichkeit gedrungen oder dem Anrufer war es egal, dass hier ein Mord oder ein Unfall passiert war.

„Wann hatte sie das Zimmer reserviert?", fragte er als

24

Frau Schmid den Hörer aufgelegt hatte.

„Das war gestern Nachmittag so um vier Uhr, auch per Telefon."

„War es das erste Mal, dass sie hier ein Zimmer buchen wollte?"

„Ja, das erste Mal. Also, das heisst, ich habe keine Angaben zu ihrem Namen gefunden im System. Es könnte natürlich sein, dass sie schon einmal unter einem andern Namen hier abgestiegen ist. Gesehen habe ich sie zum ersten Mal. Aber ich arbeite noch nicht lange hier."

Andersen nickte. „Können Sie mir den Ablauf von gestern Abend schildern?"

„Sie kam etwa um 18 Uhr hier an. Mit einer andern Frau."

„Frau?"

„Ja, eine Frau. Frau Lohmann bezahlte und wartete daraufhin dort auf diesem Stuhl." Sie zeigte auf einen Korbsessel, welcher an der Wand gegenüber neben einem Topf mit künstlichen Blumen stand. Darüber hing ein Bild.

Andersen konnte sich nicht entscheiden, ob er es schön oder geschmacklos finden sollte. Es zeigte irgendwas aus der modernen Kunst. Davon verstand er nicht viel, empfand es auch nicht als interessant, etwas davon zu verstehen.

Er fuhr fort: „Und ihre Begleitung? Wie sah sie aus? Was tat sie?"

„Ich kann mich nicht recht an sie erinnern, sie war braunhaarig, hübsch, aber ich habe mich auf Frau Lohmann konzentriert. Die andere Frau ist auch gleich wieder vor die Tür gegangen um zu telefonieren, glaube ich. Später ist sie wohl Frau Lohmann gefolgt, ich bin nicht sicher. Ich hatte gleich darauf einen etwas anspruchsvollen Kunden zu bedienen. Also nicht so bedienen, wie sie jetzt vielleicht meinen!" Sie schaute ihn unsicher an.

„Schon klar!" Er lächelte, das schien Frau Schmid zu beruhigen.

„Ich nehme an, dass es die Dame war, die mit Frau Lohmann aufs Zimmer gegangen ist. Etwa zehn Minuten später hat Frau Lohmann Champagner mit zwei Gläsern bestellt."

„Sie sind aber nicht sicher, dass es die unbekannte Frau war, welche bei ihr im Zimmer war?"

„Nein, leider kann ich das nicht mit Sicherheit bestätigen."

„Und dann? Haben Sie die unbekannte Frau nochmals gesehen?"

„Leider nein. Sie muss gegangen sein, als ich nicht da war. Nachher ist nichts mehr geschehen. Erst heute Morgen wurde Frau Lohmann vom Zimmermädchen gefunden. Die Arme hatte einen Schock!"

„Erinnern Sie sich vielleicht an jemand Auffälligen, welcher gestern Abend hier rein oder rausspaziert ist?"

„Es tauchen hier einige Personen auf, die einfach so auf ein Zimmer gehen, das ist so in solch einem Hotel, na ja, Sie wissen schon. Es sind manchmal seltsame Gestalten, vor allem Männer, aber man macht sich keine Gedanken. Es ist normal."

„Was normal ist und was nicht, scheint ziemlich Ansichtssache zu sein", bemerkte Andersen.

„Ja, da haben Sie Recht! Ich habe mit diesen Gästen auch nicht viel zu tun. Sie wissen meistens, in welchem Zimmer ihre Lady wartet."

„Fällt ihnen sonst noch etwas ein, das Sie mir sagen

wollen?" fragte Andersen.

„Nein, momentan nicht, tut mir leid. Ich würde Ihnen wirklich gerne helfen!"

„Ach ja. Wo ist eigentlich Ihr Chef?"

„Ach der!" Sie verzog das Gesicht. „Der lässt sich nicht oft blicken. Er habe einen Termin, hat er gesagt vor einer Stunde und ist losgefahren. Zum Vorfall hat er nur gemeint, dass das unser Hotel nun in die Zeitung bringen würde. Ein bisschen Werbung würde nicht schaden. Ein seltsamer Mensch. Aber seltsame Menschen führen vielleicht auch die speziellen Hotels."

„Ja, kann sein. Ich gebe Ihnen hier meine Karte." Andersen streckte ihr seine Visitenkarte hin. „Bitte rufen Sie mich an, falls Ihnen noch etwas einfällt."

„Das werde ich tun. Ob es wohl ein Unfall oder ein Mord war? Ich würde mich hier nämlich nicht recht wohl fühlen beim Gedanken, dass ich so nah an einem Menschen gewesen wäre, der jemanden umgebracht hat."

„Das kann ich gut verstehen. Vielen Dank für das Gespräch. Auf Wiedersehen Frau Schmid!"

Er suchte Antoinette und fand sie im kleinen Speisesaal im Gespräch mit einem Hotelgast. Er gab ihr zu verstehen, dass er draussen warten würde.

Andersen trat auf die Strasse. Er grübelte: Was war geschehen? Ob Catherine Lohmann wirklich umgebracht worden war, ist noch nicht sicher. Wir gehen mal davon aus. Es gibt tatsächlich eine Menge Fragen! Was macht eine Frau, die vom Freund als seriös und anständig beschrieben wird, in einem Stundenhotel? Warum wollte sie dort übernachten? Wollte sie überhaupt übernachten? Warum hat sie ihrem Freund nichts davon gesagt? Wer war die unbekannte Begleitung? War das auch die Mörderin? Oder war alles doch nur ein Unfall? Alles spricht eher für einen Mord, sonst hätte die Unbekannte sicher Hilfe geholt." Beinahe hätte er vor lauter Gedanken einen Laternenpfahl gerammt, der vor dem Eingang stand. Ein neuer Fall. So schnell konnte es gehen, noch war nicht mal der Bericht des vorherigen geschrieben. Der Bericht. Der musste warten, auch wenn es seinem Vorgesetzten nicht passte. Glück gehabt!

Antoinette trat aus der Türe. „Hast du etwas erfahren?", fragte er.

„Erfahren schon, aber leider nichts Brauchbares", seufzte sie. „Das war ein Hotelgast, aber er hat weder etwas gesehen noch etwas gehört. Hier scheint jeder sehr auf sich selbst bezogen zu sein."

„Auf sich selbst und auf ein paar nette Damen", grinste Andersen.

Antoinette verzog den Mund.

„Mein nächstes Ziel ist wohl oder übel Christian Falk", meinte Andersen.

„Willst du, dass ich mitkomme?", fragte Antoinette. „Ich hätte im Präsidium noch etwas zu tun."

„Nein, ich gehe alleine. Ist okay", gab Andersen zur Antwort. „Wenn wir zu zweit aufkreuzen, wirkt das sowieso nur bedrohlicher."

Kapitel 3

„Andersen mein Name. Darf ich bitte kurz mit Ihnen sprechen?"

„Ah, Herr Kommissar Andersen. Ja, bitte! Gibt es etwas Neues von Catherine? Ach, entschuldigen Sie, ich überfalle Sie mit meinen Fragen. Kommen Sie bitte herein." Christian öffnete die Tür.

Kommissar Andersen trat in die Wohnung. Sie war, wie er vom ersten Augenblick an fand, sehr harmonisch eingerichtet. Die Farben waren perfekt aufeinander abgestimmt. Er trat durch den Flur ins Wohnzimmer und setzte sich aufs Sofa. Alles war sauber und hell. Das war sicher Catherines Werk, wie er vermutete. Catherine Lohmann. Jetzt konnte er sich noch weniger einen Reim darauf machen, was eine solche Frau in einem Stundenhotel gesucht haben wollte. Sie musste eine intelligente Frau gewesen sein, was zum Teufel hatte sie nur in diesem Hotel gesucht? Und was war der Grund, um ermordet zu werden?

„Möchten Sie etwas zum Trinken?"

„Ein Glas Wasser wäre nicht schlecht, wenn Sie welches haben", meinte Andersen höflich. Meistens half es, wenn er ein solches Angebot annahm, es verschaffte etwas persönliche Stimmung. Die war jetzt nötig.

Während Christian in der Küche eine Flasche Mineralwasser holte, sah sich Andersen um. Auf dem Esstisch stand eine rote Rose. Auch hier im Wohnzimmer war alles liebevoll und stimmig eingerichtet. Ein Feng Shui-Experte hätte wahrscheinlich nichts zu meckern gehabt. Er seufzte.

Christian trat ein und schenkte das Wasser ein. Andersen nahm einen Schluck und stellte das Glas behutsam auf den Salontisch, welcher aus Glas war. Es gab einen feinen klirrenden Ton, als er das Glas darauf stellte. Christian setzte sich gegenüber in einen Sessel und blickte ihn erwartungsvoll und doch zögerlich an. Andersen spürte die Angst und Unsicherheit dieses Mannes förmlich. Es gab keinen Grund, die Tatsachen zu beschönigen oder um den heissen Brei herumzureden. Er räusperte sich.

„Wir haben heute Morgen wahrscheinlich Ihre Freundin gefunden. Auf jeden Fall passte Ihre Beschreibung auf sie. Es tut mir unendlich leid, Ihnen sagen zu müssen, dass sie, falls es sich um Catherine handelt, tot ist."

Der Mann ihm gegenüber, von dem er wusste, dass er Arzt war und es sich sicherlich gewohnt war, die Beherrschung zu behalten, sackte im Stuhl zusammen und schlug die Hände vors Gesicht.

Andersen liess ihm ein paar Minuten, um sich wieder einigermassen zu fassen.

„Ich wusste es! Ich wusste, dass etwas nicht stimmte. Catherine war so zuverlässig. Aber nein! Tot? Warum? Sie hatte doch keine Feinde, sie war eine so liebenswürdige Frau. Sie müssen sich irren!"

„Wir müssen Sie bitten, die Tote zu identifizieren. Ich hoffe, das geht für Sie?"

Christian sah ihn mit festem, plötzlich gefasstem Blick an. „Ja, ich muss es wissen. Gehen wir bitte gleich? Wie ist es passiert?"

„Wir haben sie in einem Hotelzimmer gefunden. Wahrscheinlich ist es gestern Abend passiert. Wir wissen noch nicht mit Sicherheit, ob es ein Unfall war", antwortete er wahrheitsgemäss und so schonend als möglich.

„In einem Hotel? Was soll denn Catherine in einem Hotel? Sie hat doch ein Zuhause. Hier, das hat sie alles selber eingerichtet!" Christian zeigte mit der Hand um sich. „Sie hat all die Farben ausgewählt, die Möbel, die Bilder..." Seine Stimme verstummte.

„Vielleicht wäre es besser, die Tote zuerst zu identifizieren, damit wir sicher sein können, dass es sich nicht um einen Irrtum handelt", meinte Andersen behutsam.

„Ja, natürlich. Oh, mein Gott! Das darf nicht wahr sein!"

„Ja. Ja, sie ist es." Christian stand im kahlen Raum des Gebäudes der Gerichtsmedizin und starrte auf die tote Frau, welche halb aufgedeckt auf der metallenen Bahre lag.

Andersen stand daneben und frage sich, warum diese Leute hier es nicht schafften, einem solchen Raum mehr Wärme und Würde zu verleihen. Wahrscheinlich kamen sie mit dem Argument, dass der Raum möglichst steril sein müsse. Einen Angehörigen zu identifizieren war weiss Gott genug schwierig. Warum war es nicht machbar, das Ganze etwas gefühlvoller zu gestalten?

Die Wunde klaffte noch immer im Gesicht.

„Glauben Sie nur, dass sie es ist, oder sind Sie sich sicher?", fragte Andersen.

„Ich kenne ihre Kleider und die gehören eindeutig ihr. Es sind die Kleider, die sie gestern Morgen getragen hat."

„Gibt es vielleicht noch andere Indizien wie Schmuckstücke oder sonstige Merkmale, die sicher auf Ihre Freundin hinweisen?"

„Nein, Catherine trug selten Schmuckstücke. Wir haben nicht mal Verlobungsringe, sie wollte das nicht, sie wollte erst einen Ring, wenn wir heiraten..." Die Stimme versagte ihm.

Andersen schluckte leer. „Sie waren verlobt?"

„Ja, seit zwei Monaten", erwiderte Christian.

Der Arzt bedeckte das Gesicht der toten Frau.

„Es tut mir sehr leid." Sanft berührte Andersen Christian an der Schulter. „Ich weiss, es ist nicht gerade der beste Zeitpunkt, aber darf ich Ihnen ein paar Fragen stellen? Wir müssen so schnell als möglich in unseren Ermittlungen weitergehen können."

„Welchen Ermittlungen? Sie sprachen von einem Unfall", sagte Christian. „Wie ist es denn überhaupt passiert?"

„Kommen Sie, wir setzen uns draussen auf eine Bank, das ist angenehmer."

Es war kurz nach 17 Uhr. Andersen und Christian traten aus dem kahlen Raum ins noch helle Sonnenlicht und liessen sich auf einer Bank im Schatten nieder. Ein warmer Sommerwind wehte durch die Bäume im Park, Kinder spielten mit Bällen, Erwachsene lasen Bücher, alles wäre perfekt gewesen. „Manchmal sorgt das Leben mit einer hinterhältigen Art und Weise dafür, dass man wenig Chance hat, diese Perfektion zu geniessen", dachte Andersen und begann mit dem Gespräch.

„Sie haben die Wunde an ihrem Kopf gesehen. Wir sind nicht sicher, ob sie sich verletzt hat oder ob es jemand anders war, der sie absichtlich gestossen oder geschlagen hat . Wir gehen von letzterem aus, da sie im

Zimmer lag, als wir sie fanden."

Christian blickte ihn an. Seine Augen baten ihn, mit diesen furchtbaren Erläuterungen endlich aufzuhören.

„Was wollen Sie von mir wissen?"

„Wann haben Sie ihre Freundin zum letzten Mal gesehen?"

„Gestern Morgen, bevor sie zur Arbeit fuhr. Es war alles wie immer. Sie hat ihren Kaffee getrunken und wir haben ein paar Worte gewechselt. Sie ist dann zum Bahnhof losgegangen und ich bin mit dem Wagen in die Praxis gefahren."

„Wirkte sie irgendwie anders gestern morgen oder in letzter Zeit?"

„Nein, überhaupt nicht. Alles war wie an den andern Tagen auch!"

„Hat sie nichts erwähnt, dass es am Abend später werden würde? Oder hatte sie vielleicht irgendwo einen Termin eingetragen?"

„Nein, nichts dergleichen. Ich habe auch in ihrer Agenda geschaut, da war nichts vermerkt. Manchmal kam es vor, dass sie in der Stadt noch eine Freundin traf oder in der Bibliothek noch etwas zu erledigen hatte. In solch einem Fall rief sie mich immer an und ich wusste Bescheid, dass es später werden würde. Gestern rief sie zum ersten Mal nicht an."

„War Ihr Telefon eine Zeitlang besetzt, so dass sie Sie vielleicht nicht erreicht hätte?"

Christian überlegte. „Als ich nach Hause kam, bekam ich einen Anruf von ihrer Mutter. Wir haben kurz miteinander gesprochen, aber sicher nicht mehr als fünf Minuten. Um diese Zeit habe ich auch noch nicht daran gedacht, dass ihr etwas zugestossen wäre. Hoffentlich war es nicht so, dass sie genau um diese Zeit anrufen wollte." Er wischte sich übers Gesicht. „Um sieben Uhr habe ich versucht, sie zu erreichen. Ich machte mir allmählich Sorgen. Es antwortete nur ihre Mailbox, ich habe sie um einen Rückruf gebeten. Als ich es später, so gegen halb acht nochmals versucht habe, war das Handy ausgeschaltet."

„Aha", bemerkte Andersen. Er erinnerte sich, dass der Zeitpunkt des Todes in dieser Zeitspanne gelegen haben könnte, sagte aber nichts. Hatte jemand nach dem Mord ihr Handy ausgeschaltet oder sonst wie ausser Betrieb gesetzt? Es musste so gewesen sein.

„Um neun Uhr habe ich mit Ihnen telefoniert. Aber das wissen Sie ja."

„Können Sie sich erklären, warum ihre Freundin für eine Nacht ein Hotelzimmer gebucht haben könnte?"

„Wir hatten keinen Streit, falls Sie das meinen. Wir hatten sowieso selten Meinungsverschiedenheiten. Wir wollten heiraten! Ich kanns mir überhaupt nicht erklären. In welchem Hotel war das denn?"

„ Das Hotel zum goldenen Schlüssel. Es ist ein... naja... Stundenhotel."

„Stundenhotel", wiederholte Christian matt und begann teilnahmslos an einem Blatt zu zupfen, welches auf der Bank gelegen hatte.

„Ich weiss, diese Frage klingt sehr hart für Sie, aber ich muss sie stellen: Könnte es sein, dass Catherine einem unsittlichen Nebenerwerb nachgegangen ist?"

„Wissen Sie, möglich ist alles. Aber ich habe ihr vertraut. Wenn sie angerufen hat und gesagt hat, dass sie mit einer Freundin noch einen Kaffee trinken gehe, habe ich ihr geglaubt. Ich habe ihr vertraut. Ich hatte allen Grund, ihr zu vertrauen. Sie war meine Lebenspartnerin und wäre in zwei Monaten meine Frau geworden."

„Ich verstehe. Es wird vermutet, dass ihre Verlobte mit einer uns unbekannten Frau auf dieses Zimmer ging. Können Sie uns eventuell sagen, wer das gewesen sein könnte?"

„Nein, das kann ich nicht. Catherine hatte viele Freundinnen. Sie arbeitete in der Stadtbibliothek. Sie kam mit vielen Leuten in Kontakt. Wie sah sie denn aus, diese Frau?"

„Wir wissen nicht viel mehr, als dass sie ebenfalls braunhaarig war."

„Das trifft dann auf etwa die Hälfte der Menschheit zu", bemerkte Christian etwas sarkastisch. „Und auf die Hälfte ihrer Freundinnen." Christian warf das total verzettelte Blatt auf den Boden.

„Könnten Sie uns vielleicht eine Liste anfertigen mit den möglichen Personen?"

„Ja, ich kanns versuchen. Ich kenne aber auch nicht alle ihrer Freundinnen persönlich. Ich schreibe auf, was ich weiss."

„Hatte Catherine irgendwelche Feinde?"

„Nein, nicht das ich wüsste. Catherine war die Liebenswürdigkeit in Person. Manchmal war sie schnell gereizt. Aber deswegen wird man doch nicht umgebracht."

„Wäre es möglich, dass wir einen Blick in den Terminkalender oder das Adressbuch Ihrer Verlobten werfen dürften? Oder hatte sie diese Sachen bei sich, als sie verschwand?"

„Nein. Catherine gehörte zu den wenigen Frauen, die selten eine Handtasche mit sich herumschleppen. Die Agenda liegt zuhause. Aber da steht nichts drin, das kann ich Ihnen versichern. Ist es möglich, dass Sie morgen in meiner Praxis vorbeikommen? Ich werde der Sprechstundenhilfe die Sachen aushändigen, sie kann sie Ihnen dann geben. Ich muss arbeiten, ich werde sonst wahnsinnig! Finden Sie diese Person, bitte!"

„Ich gebe mein Bestes. Das verspreche ich Ihnen", erwiderte Andersen und fuhr fort: „Gibt es Angehörige, welche informiert werden müssen?"

„Ihre Eltern. Ich werde sie anrufen."

Andersen nickte. „Das ist vorläufig alles. Kann ich Sie alleine lassen? Oder brauchen Sie noch etwas?"

„Nein, ich komme zurecht. Bitte finden Sie dieses Schwein!"

Andersen stand auf und gab Christian die Hand. „Ich komme morgen in Ihrer Praxis vorbei. Falls Sie etwas brauchen, rufen Sie mich an, okay?"

Christian nickte. Er war überrascht über so viel Einsatzbereitschaft eines Polizisten. Was er ihm anbot, ging seines Wissens darüber hinaus, was ein Kommissar leisten musste. Vielleicht bestand ja Hoffnung, dass dieser Andersen den Mörder fasste. Er hoffte es wirklich.

Stundenhotel? Unbekannte Frau? Catherine war tot. Er konnte es nicht glauben. Bestimmt war alles nur ein böser Traum und Catherine kam heute Abend nach Hause und alles war wie immer. Alles nur ein Missverständnis, ein Alptraum, alles nicht wahr. Er hatte ein seltsames Gefühl gehabt, als er sie so liegen sah. Wie wenn sie ihm etwas hätte mitteilen wollen. Irgendwas. Nur was? „Was wolltest du mir sagen, Catherine?", flüsterte er. Beinahe erwartete er, dass er Catherines Stimme hören würde, die sagte: „Hey, was sagst du denn da? Ich bin ja hier!" Und alles wäre gut. Er würde aus einem bösen Traum erwachen und erleichtert rufen: „Gott sei Dank! Du bist hier. Ich hatte einen schlechten Traum, aber jetzt ist ja alles wieder in Ordnung." Aber es war kein Traum, so sehr er sich auch bemühte, daraus zu erwachen.

Etwas stupste an sein Bein. Es war ein Fussball. Ein Kind flitzte heran und griff hastig danach, dabei lachte es Christian direkt ins Gesicht. „Tschuldigung." Er brachte ein verzogenes Lächeln zustande. Kinder. Diese Unbeschwertheit. An einem so wundervollen Tag sollte man doch glücklich sein, aber in mir und um mich herum ist alles nur schwarz.

Catherine war sicher nicht der Typ Frau, welcher sich in einem „unsittlichen Gewerbe" vergnügte, wie es Kommissar Andersen ausgedrückt hatte. Der Kommissar war sehr einfühlsam gewesen, er konnte ihm keinen Vorwurf machen, er machte seinen Job und er machte ihn gut. Er war heute ganz anders gewesen als gestern am Telefon. Viel einfühlsamer und kompetenter. Er hatte gestern nicht das Gefühl gehabt, als würde die Polizei sich gross um das Verschwinden seiner Freundin kümmern. Er hatte die Begründungen des Polizisten verstanden, aber hätte er den Mord verhindern können, wenn er sich besser bemüht hätte? Nein, wahrscheinlich nicht. Der Kommissar hatte davon gesprochen, dass Catherine bereits gestern Abend ermordet oder verunfallt war. Um neun Uhr war sie vielleicht schon tot gewesen. Konnte er sich täuschen? Er erinnerte sich an all die Male, die Catherine ohne ihn mit Freundinnen fort gewesen war. Konnte es sein, dass sie ihn angelogen hatte? Oder hatte sie während der Arbeitszeit tagsüber Abstecher für solche Abenteuer gewagt? Aber die Bibliothek hätte doch bei solch einem

Unterfangen niemals mitgemacht. Oder doch? Hatte sie ihr Pensum reduziert? Und in der freien Zeit ohne sein Wissen...? Nein! Nein und nochmals nein! Es konnte einfach nicht sein. Es durfte nicht so sein! Er war ein Mann mit Menschenkenntnissen, es war nicht möglich, dass er sich in einem Menschen dermassen täuschte. Schon gar nicht in einer Frau, mit der er zusammengelebt hatte, die er liebte. Wer war nur diese unbekannte Frau? Braunhaarig! Wenn das alles war, was die Polizei jemals über diese Frau herausfinden würde, sah er schwarz. Noch schwärzer.

Er erinnerte sich plötzlich an jenen Abend auf dem Sofa. „solange ich lebe", hatte sie gesagt. „Und wenn ich nicht mehr lebe, werde ich im Himmel warten."

Meine Catherine! Ich hoffe so sehr, dass du diese Worte ehrlich gemeint hast und sie einhalten wirst. Ist es das, was du mir sagen wolltest, da im Gebäude der Gerichtsmedizin?

Von einem Moment auf den andern war das Leben völlig sinnlos geworden. Aber er musste weiterleben. Wie sollte er das tun, ohne Catherine? Zuhause erinnerte er sich bei jedem kleinsten Gegenstand an sie. Er musste die Hochzeit absagen. Nein, er würde es nicht tun! Er wollte und konnte die Hoffnung nicht aufgeben, dass das alles eine riesige Lüge war. Er würde mit niemandem darüber reden. Dann konnte er vielleicht das alles ungeschehen machen. Mein Gott, war das eine kindische Idee. Wo war er gelandet! Er war ein angesehener Arzt und zugleich ein solches Häuflein Elend. Aber auch Ärzte sind nur Menschen. Er war, ohne es zu merken, aufgestanden und durch den Park gelaufen. Beim Kiosk schlug ihm die Schlagzeile der Zeitung wie eine Ohrfeige ins Gesicht:

Mord im Hotel? – 32jährige Frau tot! War sie eine Prostituierte?

Seine Hoffnung, dass er mit niemanden darüber reden musste, bröselte damit endgültig durch seine Finger wie feiner Sand. Er riss die Zeitung an sich und warf sie auf den Boden. Warum mussten diese Scheissbullen auch immer gleich zur Zeitung rennen? Vielleicht hatten sie den Braten auch selber gerochen, diese Zeitungsleute. Wahrscheinlich leckten sich die Reporter die Finger wund über eine solche Story. Merkten die nicht, wie verletzend so was sein konnte für die Angehörigen?

„Hey, Sie, diese Zeitung müssen Sie aber bezahlen!", schimpfte die Verkäuferin.

Er schmiss ihr ein paar Münzen hin und hob die Zeitung auf. „Entschuldigen Sie." Er hatte sich wieder gefasst. „Die Tote war, nein ist... meine Verlobte." Es war ihm rausgerutscht, bevor er hatte überlegen können.

„Oh nein!" Die Verkäuferin machte ein betroffenes Gesicht. „Das tut mir so leid! Kann ich irgendwas für Sie tun?"

Er war gerührt von so viel Anteilnahme. Vielleicht war es doch nicht das Dümmste, wenn er mit jemandem darüber redete. „Danke! Das ist sehr nett von Ihnen. Es geht schon!"

„Ich wünsche Ihnen alles Gute und ganz viel Kraft. Falls ich Ihnen irgendwie helfen kann, kommen Sie wieder!" Sie winkte ihm nach, etwas unbeholfen, als er mit der Zeitung in der Hand den Weg durch den Park fortsetzte.

Er setzte sich erneut auf eine Parkbank im Schatten. Es war immer noch heiss. Er begann zu lesen, es war im

Verhältnis zur Schlagzeile nur ein kleiner Beitrag. Kein Wunder, man wusste ja praktisch noch nichts. Dazu war ein Foto von Catherine abgebildet. Woher sie das Bild hatten, konnte er sich beim besten Willen nicht erklären. Diese Aasgeier machten vor keiner Grenze Halt!

Er schloss die Augen.

„Na, gibt's schlechte Neuigkeiten?" Er schreckte auf. Ein Obdachloser, welcher hier wohl im Park wohnte, hatte sich neben ihn gesetzt. Genau das hatte ihm noch gefehlt. Seine Haare waren schwarz. Sein Gesicht hätte dringend wieder mal eine Rasur nötig gehabt. Was eine Dusche ist, wusste der Kerl wahrscheinlich gar nicht. Obwohl, wenn er sichs eingestand, nach Schweiss roch der Unbekannte nicht.

„Ich möchte alleine sein", sagte Christian und schloss die Augen wieder.

Der Obdachlose zeigte auf die Zeitung. „Schlimme Sache, das mit dieser Frau! Aber..."

„Herrgott, warum kannst du mich nicht einfach in Ruhe lassen?"

„Sie ist nicht tot!"

Die Worte trafen Christian mit voller Wucht. Er schrie beinahe.

Der Mann wich erschrocken zurück.

„Was redest du da für Blödsinn! Hör auf, mit diesem Quatsch. Sie ist meine Verlobte. Verstehst du? Meine Verlobte! Also hör auf mir solche Geschichten aufzutischen, ich ertrage es nicht! Ich komme soeben aus dem Gebäude der Gerichtsmedizin und da lag sie. Tot! Tot! Verstehst du?"

„Das tut mir leid", stammelte der Obdachlose verwirrt. „Ich wollte Sie nicht verletzen, ehrlich! Aber wissen Sie, ich habe sie heute Nacht gesehen." Er flüsterte beinahe und machte einen ängstlichen Gesichtsausdruck. „Ich dachte ich sags Ihnen jetzt, weil sie doch Ihre Verlobte ist."

Christian starrte den Mann an. „Was reden Sie da?"

„Ich habe eine Frau gesehen. Sie ist gestern Abend durch den Park gelaufen. Sie hatte es sehr eilig, sie ist ziemlich nahe an mir vorbeigerannt. Ich sah sie dort drüben, auf dem Weg dort. Sie sah genau so aus, wie die Frau auf dem Bild hier." Der Penner zeigte auf das Bild in der Zeitung. Er war aufgestanden, aus Angst, Christian würde ihn schlagen.

Doch dieser sass nur regungslos da, daher wagte er einen weiteren Vorstoss. „Sorry, nichts für Ungut, ich wollte Sie nicht verletzen, ehrlich. Ich dachte nur, ich sags Ihnen, weil..."

„Schon okay, danke." Christian lehnte sich zurück. Er war todmüde. Todmüde, was für ein Wort. Wenn er tot wäre, könnte er wenigstens bei Catherine sein. Der Gedanke erfreute und erschreckte ihn zugleich. Er gab dem Mann zwanzig Franken, worauf sich dieser verneigte und mit einem „Gott segne Sie" aus dem Staub machte.

Er hatte ihm noch raten wollen, weniger Alkohol zu trinken, dann würden seine Hirngespinste von alleine verschwinden. Aber einerseits brachte er es nicht über die Lippen und andererseits war der Kerl schon weg.

Da kam ihm in den Sinn, dass der Mann gar nicht nach Alkohol gestunken hatte.

Er schüttelte den Kopf und machte sich auf den Heimweg.

Andersen trat in seine Wohnung. „Hallo!" Er streute ein paar Flocken Futter ins Aquarium, worauf die Fische aufgeregt zu zappeln begannen und nach dem Futter, welches an der Wasseroberfläche trieb, schnappten.

„Na Anton, wie geht es dir heute? Hast du auch Frauen um dich, aber du bist nicht sicher, ob sie etwas von dir wissen wollen?"

Anton öffnete und schloss den Mund und schaute ihn durch die Glaswand an.

Dann genehmigte Andersen sich eine lange, heisse Dusche.

Im beschlagenen Spiegel sah er ein fahles, graues Gesicht. „So geht das nicht weiter!", befahl er diesem Gesicht im Spiegel und drohte mit dem Zeigefinger. Seltsamerweise grinste es nur blöd, dieses Spiegelbild.

Danach suchte er in der Küche nach etwas Essbarem. Im Kühlschrank fand er ein beinahe schimmliges Sandwich, eine offene Milchtüte, eine Flasche Ketchup und ein Joghurt. „Einkaufen wäre keine schlechte Idee", murmelte er. Im Küchenschrank fand er schlussendlich eine Dose Ravioli, das musste reichen für heute. Es war beinahe sieben Uhr abends. Im Präsidium hatte er den Bericht seines letzten Falles fertiggeschrieben und sich danach erleichtert aus dem Staub gemacht.

Das Piepen des Mikrowellengerätes signalisierte ihm, dass die Ravioli bereit zum Servieren seien. Er verbrannte sich beinahe die Finger am heissen Teller und setzte sich damit vor den Fernseher. Ein Beitrag über Löwen in einem afrikanischen Nationalpark, eine Krimiserie, ein Rosamunde Pilcher Liebesfilm – das alles mochte ihn nicht zu fesseln, so schaltete er das Gerät wieder aus.

Er setzte sich an den Tisch und begann aufzuschreiben, was er bisher über den Fall wusste. Es war nicht viel und brachte ihm keine erleuchtende Erkenntnis.

Diese Nacht schlief er tief und fest. Neumond war vorbei und eine Leiche tauchte in seinem Traum auch keine auf.

Kapitel 4

Die Praxis von Dr. Falk war wie seine Wohnung hell und sauber. Alles war in weiss oder hellen Farbtönen gehalten, der Empfang, die Wände, die Schränke. Nur der Boden war aus schwarzen Platten. Durch die Fenster drang helles Sonnenlicht. Die Rollläden waren soweit heruntergelassen, dass noch genug Licht hereinströmen konnte, ohne dass man künstliches Licht in Anspruch nehmen musste.

Ein älterer Patient mit einer etwas wirren Frisur erkundigte sich am Empfang, wie lange er sein Medikament noch nehmen müsse und hielt der Sprechstundenhilfe eine Packung Medikamente unter die Nase. Sie versprach ihm, dass sie sich bei Dr. Falk erkundigen und ihm Bescheid geben würde.

„Wie bitte?", schrie der gute Herr und hielt sich eine Hand hinters Ohr. „Ich höre nicht mehr so gut!"

Die Arztgehilfin schmunzelte nur leicht und wiederholte in lauterem Ton geduldig, was sie soeben gesagt hatte.

„Ich soll morgen nochmals vorbeikommen?" Der Herr machte nun einen so verwirrten Eindruck und wurde damit seiner Frisur gerecht.

Die Dame schüttelte den Kopf, nahm Bleistift und Zettel und schrieb etwas.

„Aha, ja, danke. Vielen Dank" Der Herr strahlte übers ganze Gesicht. „Ich komme also morgen wieder. Einen schönen Tag", sprach er, drehte sich um und verliess die

Praxis, bevor die Sprechstundenhilfe etwas erwidern konnte.

„Ist wahrscheinlich sowieso besser so. Am Telefon würde er überhaupt nichts verstehen", sagte sie lachend zu Andersen. „Sie wünschen?" Sie blickte Andersen erwartungsvoll an, dieser lächelte zurück.

„Braunhaarig", bemerkte er für sich selber. Die braunhaarigen Frauen würden ihn bestimmt noch im Traum verfolgen. Manchmal verfolgten ihn die Fälle in seinen Träumen, aber nur selten. Zum Glück gehörte er nicht zu jenen Polizisten, die von Alpträumen geplagt wurden. Meistens war nach wie vor der Neumond oder eine Frau Schuld, wenn er wieder mal eine schlaflose Nacht verbrachte. Das war nicht weiter schlimm. Vor allem wenn eine Frau ihn vom Schlafen abhielt, hatte er wirklich nichts dagegen. Er kannte Kollegen, die wurden im Traum beispielsweise von schreienden Leichen verfolgt, einige mussten deswegen sogar psychologische Hilfe in Anspruch nehmen. Er nahm seinen Beruf sehr ernst, hatte aber gelernt, sich mehr oder weniger von schlimmen Bildern zu distanzieren, seine Seele im richtigen Moment zu schützen. Er widmete sich wieder dem realen Leben und der Sprechstundenhilfe.

Sie hatte rosa geschminkte Lippen und gepflegte Hände, die Haare zu einem Pferdeschwanz gebunden.

„Mordkommission, Kurt Andersen." Er zeigte seinen Ausweis. „Dr. Falk hat ein paar Sachen für mich zum Abholen bereit gemacht, so wie er mir gestern versprochen hat."

Die Miene der Sprechstundenhilfe verdüsterte sich. Den genauen Grund für diesen Sinneswandel verstand er nicht.

„Ja, genau, ich hole es. Warten Sie bitte hier."

„Weglaufen wird ich ja bestimmt nicht", dachte Andersen, sagte aber nichts.

Die Frau kam zurück mit einer Tüte. „Hier bitte. Das hat Dr. Falk für Sie hinterlassen."

„Dankeschön!" Er nahm die Sachen über den Empfang entgegen.

„Ich soll ich Ihnen ausrichten, dass Dr. Falk ist zuhause ist", sagte die hübsche Dame, welche nun überhaupt nicht mehr lächelte, sondern eher einen gequälten Eindruck machte.

„Ach ja? Geht es ihm nicht gut? Gestern hat er davon gesprochen, dass er arbeiten möchte um sich abzulenken."

„Er hatte starke Kopfschmerzen. Kein Wunder. Es ist tragisch, was da passiert ist."

Andersen empfand diese Worte als unecht. Sie waren kalt, kein echtes Bedauern, obwohl sich die Dame Mühe gab, ein betroffenes Gesicht zu machen. Etwas stimmte nicht.

„Haben Sie ein paar Minuten Zeit für mich? Ich hätte da ein paar Fragen."

„Naja, eigentlich habe ich einiges zu tun. Aber wenn Sie meinen, kann ich mir sicher ein paar Minuten einrichten. Also, was wollen Sie wissen?"

„Wie ist ihr Name?"

„Lilo Neumann"

„Wie lange arbeiten Sie schon für Dr. Falk?"

„Seit fast fünf Jahren." Sie blickte ihn grimmig an.

„Empfinden Sie die Arbeit hier als angenehm?"

„Ja, es ist ganz okay. Dr. Falk ist ein freundlicher Arzt, nicht so überheblich wie gewisse andere Mediziner. Wo ich vorher angestellt war, wurde ich wie eine Putzfrau behandelt."

„Sie verstehen sich gut mit Dr. Falk?"

„Ja, das sagte ich bereits. Wir haben eine angenehme Geschäftsbeziehung."

Andersen musste beinahe lachen. „Ah ja. Wie haben Sie vom Tod seiner Verlobten erfahren?"

„Durch die Zeitung. Und natürlich war es ein Gesprächsthema heute Morgen."

„Inwiefern ein Gesprächsthema? Hat Dr. Falk mit Ihnen darüber gesprochen?"

Frau Neumann drehte an Ihrem Fingerring. Sie überlegte kurz, aber Andersen registrierte die Unsicherheit.

„Ja, er hat es erwähnt, als er in die Praxis gekommen ist."

Andersen schätze Christian Falk nicht so ein, als dass er mit solchen Informationen bei seiner Sprechstundenhilfe einfach so hausieren würde. Er konnte sich täuschen, aber die Sache stank in gewisser Weise gewaltig zum Himmel.

„Kannten Sie die Verlobte von Dr. Falk?"

„Nur sehr flüchtig. Sie war zwar schon hier in der Praxis, aber nicht so oft. Wir haben ein paar Worte gewechselt, aber wie gesagt, sie war nicht oft hier. Ich kenne sie kaum."

„Was hatten Sie für einen Eindruck von Frau Lohmann?"

„Ich glaube, sie war eine aufgeschlossene Person."

„Aufgeschlossen. Aha. Trotzdem haben Sie nicht mehr als ein paar Worte mit ihr gewcchselt?"

„Sie hatte nicht viel Zeit und ich musste mich ja auch um die Patienten kümmern."

„Ich verstehe. Noch eine letzte Frage, Frau Neumann. Wo waren Sie vorgestern Abend?"

Die Miene von Frau Neumann verdüsterte sich nochmals und sie blickte ihn zornig an. „Was soll denn jetzt diese Frage? Verdächtigen Sie mich etwa? Ich kannte Frau Lohmann ja kaum, warum sollte ich ihr etwas antun?"

„Es ist eine reine Routinefrage. Also, wo waren Sie vorgestern Abend zwischen 18 und 22 Uhr?"

„Zuhause. Ich habe für mich selber gekocht und danach einen Film im Fernsehen angeschaut."

„Kann das jemand bezeugen?"

„Nein. Ich wohne allein", erwiderte Frau Neumann frostig.

„Was war das für ein Film?"

Sie grinste gehässig. „Tatort – ein Krimi"

„Das wäre alles. Danke, dass Sie sich Zeit genommen haben und danke für die Sachen von Frau Lohmann." Er deutete auf die Tüte.

„Keine Ursache", erwiderte Frau Neumann und wandte sich dem Computer zu. Es war offensichtlich, dass sie nun keine Frage mehr beantworten würde.

Kurt Andersen verliess sehr nachdenklich die Praxis und machte sich auf den Weg ins Präsidium. Er war gespannt darauf, die soeben erhaltenen Informationen von Christian Falk und Catherine Lohmann ganz genau unter die Lupe zu nehmen.

Unterwegs machte er Halt an einem Hot Dog Stand. Es war Mittagszeit und sein Magen knurrte. Er entschied sich, in Zukunft auch mal für sich selber zu kochen, so wie es Frau Neumann tat. Er musste mehr auf seine Gesundheit achten. Momentan lebte er von Bratwurst, Hot Dog, Kühlschrank- und Dosenfutter. „Futter", nicht „Essen", kam seiner Ernährungsweise ziemlich nahe. Das musste sich ändern. Vielleicht war er dann auch attraktiver für Antoinette? Vielleicht könnte er sie zu einem Nachtessen zu sich nach Hause einladen? Das war aber ein gewagter Plan, wenn er an seine Pfannen dachte, die bestimmt mit einer dicken Staubschicht im Schrank dahinvegetierten. Seit Monaten hatte er keine Pfannen gebraucht. Für die Goldfische musste er ja nicht kochen, die begnügten sich mit ein paar Flocken Fischfutter. Wahrscheinlich wäre ein gutes Restaurant die bessere Lösung. Aber heute Abend würde er es mit einem Spiegelei und Spaghetti versuchen. Ob seine Kochkünste für mehr reichten, musste er zuerst ausprobieren. Dann gab es ja auch noch Kochbücher. Er würde sobald als möglich eins kaufen. Er kaute an seinem Hot Dog. Das war auch nicht übel. Aber er glaubte nicht daran, dass er Antoinette mit Würstchen und Brot überzeugen würde. Was würde denn Antoinette überzeugen? Ihm fiel nichts ein.

Er zog die Tasche mit den Sachen hervor, die ihm Frau Neumann gegeben hatte. Er überflog die Namensliste, fand aber keinen bekannten Namen. Die Agenda von Catherine war ein schönes, ledernes, rot eingebundenes Buch mit einem Druckknopf. Darin waren Sitzungen eingetragen, Treffen... „Oh!" Andersen blieb an einer Seite hängen. „Seltsam", murmelte er und wischte sich die Hände an einer Serviette ab.

Er entschloss sich, anstatt ins Präsidium zu fahren, Dr. Falk einen weiteren Besuch abzustatten. Er hatte da jetzt noch ein paar Fragen. Er dachte, einige Antworten schon zu kennen. Er war sich ziemlich sicher. Aber seine Vermutungen zählten nicht. Was er brauchte waren Tatsachen, Beweise. Und die würde er bekommen.

Christian schloss die Türe auf, er war heilfroh, wieder zu Hause zu sein. Starke Kopfschmerzen plagten ihn. Natürlich hatte er als Arzt direkten Zugriff zu wirksamen Schmerzmitteln, aber er war auch hundemüde. In der Nacht hatte er kein Auge schliessen können, ständig waren da diese Bilder. Von Catherine. Er hatte entschieden, sich ein paar Stunden aufs Ohr zu legen. Diese Woche würde er nicht arbeiten, sondern sich Zeit nehmen für sich selber. Er musste bei Kräften bleiben, er durfte sich nicht so gehen lassen. Das Leben ging weiter. Schliesslich brauchten ihn auch seine Patienten. Wie sein Leben nun aussehen würde, wusste er nicht so genau, aber die Welt hatte nicht aufgehört sich zu drehen, also musste er weitermachen.

Er legte den Stapel Briefe, welche im Briefkasten lag, auf die Kommode im Flur. Es sah sie kurz durch, es waren auch Briefe für Catherine dabei, er musste sich darum kümmern.

Ein seltsames Gefühl überkam ihn. Urplötzlich lief ihm ein kalter Schauer über den Rücken. Etwas war anders.

Es war, als hätte er ein Knacksen gehört. Jemand war in seiner Wohnung! Er lauschte. Nein, nichts. Er seufzte. Er brauchte dringend Ruhe. Er senkte den Kopf und erstarrte.

Der Teppich im Flur war verrutscht.

Das war ja an sich nichts Ungewöhnliches, so ein verrutschter Teppich. Die meisten Leute hatten solches in ihrer Wohnung. Aber nicht bei ihm und nicht bei diesem Teppich!

Es war etwas, das er nicht mal Catherine erzählt hatte. Es war die Angewohnheit, dass er, wann immer er die Wohnung verliess, darauf achtete, dass dieser Teppich korrekt im Raum lag. Er hasste es, wenn etwas unordentlich war. Bei diesem Teppich war es zwanghaft, ein Tick. Irgendeine kleine Spinnerei durfte schliesslich jeder haben, fand er. Er verrutschte leicht, so dass er ihn praktisch jedes Mal, wenn er aus der Wohnung ging, richten musste. Das war mühsam. Er hatte sich schon überlegt, ihn zu entsorgen, aber wie hätte er das Catherine gegenüber begründen sollen?

Schmerzlich wurde ihm bewusst, dass er jetzt nichts mehr zu begründen hätte. Er könnte den Teppich einfach in den Kehricht werfen und müsste niemandem Rechenschaft darüber ablegen. Niemand würde von ihm und seinen damit verbundenen Spinnereien erfahren. Aber er wusste, er würde es nicht tun. Noch nicht.

So hatte er auch heute Morgen den Teppich gerade geschoben, da war er sich ganz sicher. Oder doch nicht? Und schon zweifelte er.

Jemand musste in seiner Wohnung gewesen sein oder war es noch. Aber warum gab es keine Spuren eines Einbruchs an der Türe? Oder hatte er vergessen, ein Fenster zu schliessen? Vielleicht hatte der Wind…? Aber nein, ein Luftzug konnte nicht so stark sein. Das Knacksen vorhin. Am liebsten wäre er rückwärts aus der Wohnung gerannt. Er hatte momentan einfach keine Kraft für weitere Turbulenzen in seinem Leben.

Er sah sich um. Im Flur fand er nichts, was er als Waffe hätte gebrauchen können. Der Kleiderbügel taugte nichts, ebenso wenig die Schuhe, die Kleider, das Schlüsselkästchen auf der Kommode. Höchstens ein kleiner Schirm.

Aber das reichte wahrscheinlich auch nicht, um einen Feind in die Flucht zu schlagen, geschweige denn, ihn zu verletzen.

So lehnte er sich an die Wand und atmete tief durch, horchte. Er hörte nichts. Die Türe war nicht aufgebrochen gewesen.

Das Fenster im Schlafzimmer! Hatte er es heute Morgen nicht geschlossen? „Ich Idiot!" Er stand da, atmete ein, atmete aus, spürte seinen Herzschlag und beruhigte sich allmählich. Niemand war da. Aber wenn der Einbrecher durchs Fenster gestiegen ist, warum war dann der Teppich vor der Türe verrutscht?" Er fand keine Antwort.

Nach fünf Minuten wagte er sich in die Küche. Sie war leer. Vorsichtig spähte er hinter die Türe. Er kam sich vor wie ein kleines Kind, das nach einem Kriminalfilm am Abend unters Bett schaute um sicher zu sein, dass sich darunter kein Mörder versteckt hielt. Alles in ihm war angespannt und auf Flucht programmiert.

Der Teppich! Jemand war in seiner Wohnung gewesen und war es wahrscheinlich immer noch. War es möglich, dass er sein Ritual heute Morgen aufgrund seiner Müdigkeit vergessen hatte? Nein, er konnte sich genau daran erinnern. Keine Müdigkeit dieser Welt könnte ihm diesen Zwang austreiben.

Aus der Schublade nahm er das Fleischmesser, jetzt fühlte er sich wesentlich sicherer.

Vorsichtig tappte er Richtung Badezimmer und stiess die Türe so heftig auf, dass sich ein eventueller Einbrecher dahinter sicher ein paar Rippen gebrochen hätte.

Niemand.

Das Schlafzimmer. Die Türe stand schon sperrangelweit offen, er blickte hinein. Es war leer. Das Fenster stand tatsächlich offen, so wie er es am Morgen zurückgelassen hatte, der Rollladen war halb heruntergelassen, was dem Zimmer eine dämmrige Stimmung verlieh. Es war nicht nachvollziehbar, ob jemand eingestiegen war oder nicht. Möglich wäre es. Das Bettzeug war noch immer zerwühlt. Vorsichtig kniete er nieder und schaute unter das Bett. Er fand nur etwas Staub. Beinahe hätte er gelächelt. Catherine hatte den Haushalt wirklich sehr gewissenhaft geführt, das konnte er bezeugen. Diese paar Staubflocken unter dem Bett bewiesen, dass auch sie nicht an immer alles gedacht hatte, diese kleine Unaufmerksamkeit bewirkte nur, dass er sie noch mehr liebte.

Plötzlich durchfuhr ihn die Angst. Hastig wollte er sich umdrehen und schlug dabei mit dem Kopf an die Bettkante. Ihm war soeben in den Sinn gekommen, dass dieser Moment geeignet wäre, um ihm eine Vase oder sonst was über den Kopf zu ziehen. Aber es stand niemand hinter ihm.

Er stöhnte, rieb sich mit der Hand am Hinterkopf und richtete sich auf. Er schwankte leicht und erinnerte sich daran, dass er noch nichts gegessen hatte. Nachher würde er sich etwas Leichtes kochen. Der Schrank! Er dachte an Filme, in denen sich Liebhaber im Schrank versteckt hielten. Er riss die Türe auf, fand aber nur Kleider. Er stocherte mit dem Messer in den Hemden herum und kam sich dabei ziemlich albern vor. Jetzt blieb noch das Wohnzimmer.

Der schrille Klang zerriss die Stille. Das Messer fiel ihm aus der Hand und hinterliess im noblen Parkettboden einen hässlichen Schnitzer. „Ach, verflucht!" Er hob das Messer auf und trat in den Flur, öffnete die Tür.

„Sind Sie am Kochen?", fragte Kommissar Andersen und deutete auf das Messer in seiner Hand.

„Ja, ich wollte mir gerade etwas zum Essen machen", sagte Christian und war froh, dass er damit nicht lügen musste. Er wollte Andersen nichts von seinem Verdacht erzählen. Er wäre sich furchtbar dämlich vorgekommen, wenn er hätte erklären müssen, auf wessen Hinweis er vermutete, dass jemand in seiner Wohnung gewesen war. Zumal er sich nicht sicher war, denn bis jetzt hatte er ja keine weiteren Spuren eines Einbruchs entdeckt. Ob sich im Wohnzimmer jemand befand, wusste er noch nicht und er war erleichtert, nicht mehr alleine sein zu müssen.

„Darf ich reinkommen oder störe ich Sie?", fragte Andersen.

„Nein, Sie stören nicht. Kommen Sie doch herein! Ist es Ihnen Recht, wenn wir in der Küche reden, damit ich bald etwa zwischen die Zähne kriege? Ich habe heute noch nichts gegessen."

„Ja, sicher." Andersen setzte sich an den Küchentisch, während Christian begann mit Pfannen zu hantieren.

„Danke für die Liste und den Kalender von Catherine", begann Andersen. „Ich habe die Sachen erst kurz durchgesehen. Ich werde mich später intensiver darum kümmern. Die Namen auf der Liste sagen mir nichts. Haben Sie eine Vermutung, wer am ehesten in Frage käme?"

„Nein, tut mir leid. Ich habe keine Ahnung. Es sind alles Freundinnen, welche braunhaarig sind, aber ich kenne keine von ihnen näher. Ich bin auch nicht sicher, ob ich alle aufgeschrieben habe. Catherine hatte viele Freundinnen und meistens traf sie sich irgendwo in der Stadt mit ihnen."

„Na gut, ich werde mich dieser Frauen sobald als möglich annehmen." Er nahm die Agenda hervor. „Hier, das gebe ich Ihnen zurück. Beim Durchblättern ist mir etwas ins Auge gestochen. Ist Ihnen auch aufgefallen, dass an einigen Tagen, unter anderem vor allem an Montagen ein kleines Kreuzchen eingetragen ist? Ebenfalls am letzten Montag, an ihrem Todestag. Wissen Sie, was das bedeutet?"

„Ja, sie hat mir mal gesagt, dass sie Tage, an welchen Sie Kopfschmerzen hätte, mit einem Kreuzchen versehen würde. Sie wollte die Häufigkeit festhalten."

„Aha. Aber können Sie sich erklären, warum das so häufig an einem Montag der Fall war?"

„Nein, ehrlich gesagt nicht. Vielleicht war Montag ein besonders anspruchsvoller Tag", meinte Christian matt.

Andersen glaubte herauszuhören, dass Christian diese Worte selber nicht recht glaubte.

„Können Sie bestätigen, dass Catherine häufig über Kopfschmerzen geklagt hatte? Vielleicht sogar besonders häufig an Montagen?"

Christian dachte nach. „Nein, ehrlich gesagt nicht." Er zuckte mit den Schultern. „Sie hat manchmal geäussert, dass sie Schmerzen habe. Ich nehme an, Sie hat dann jeweils eine Schmerztablette genommen und war dadurch schmerzfrei, wenn sie nach Hause gekommen ist."

„Wie wars in den Ferien? Hat sie da häufig Schmerzen gehabt?"

„Nein, eigentlich nicht. Aber in den Ferien hat man normalerweise auch keinen Stress."

„Das stimmt wohl", meinte Andersen. „Sagen Sie mal, verstehen Sie sich gut mit Ihrer Arztgehilfin?" Die Frage kam aus dem Nichts. Andersen hatte das bewusst so gewählt, um ihn direkt zu konfrontieren.

Christian, welcher gerade ein Stück Fleisch würzte, hielt in der Bewegung inne. Andersen spürte, wie er sich leicht verkrampfte und nach den richtigen Worten suchte.

„Volltreffer!", dachte er und kam sich dabei fast ein wenig gemein vor.

Christian drehte sich um und sagte: „Ich sage es Ihnen besser gleich. Vor drei Jahren hatten wir eine schöne Nacht zusammen. Lilo und ich. Damals kannte ich Catherine noch nicht. Ich hab sie nicht betrogen. Ich habe Catherine nie betrogen. Aber Lilo hat damals nur schwer verkraftet, dass ich nicht mehr von ihr will als diese eine Nacht. Es war ein Fehler. Ich habe damals nicht bemerkt, dass Lilo anscheinend mehr für mich fühlt als ich für sie und sie hat mir nichts gesagt. Darum blieb es auch bei dieser einen Nacht. Ich wollte nicht noch mehr Schaden anrichten. Mit der Zeit hat sich dann auch alles wieder normalisiert. Wir konnten als Kollegen miteinander umgehen. Es gab keine Hinweise mehr, dass es ihr nicht gut geht in dieser Situation. Auch als ich Catherine kennengelernt habe, hat sie völlig souverän reagiert. Ich dachte, sie hätte alles überwunden."

„Wie man sich täuschen kann", dachte Andersen und erinnerte sich an Frau Neumann, welche mit ihren Gefühlen ganz sicher nicht nur kollegial an Dr. Falk dachte, wie er aufgrund ihrer Reaktion vermutete.

„Glauben Sie, es war Lilo?", fragte Christian. In seiner Stimme klang Verunsicherung und Skepsis.

„Ich kann noch nichts sagen, bevor ich nicht irgendwelche Beweise in den Händen habe. Ich frage mich, warum Frau Neumann damals nicht gekündigt hat. Es muss doch sehr schmerzvoll sein, mit jemandem zusammenzuarbeiten, den mal liebt, die Liebe aber nicht erwidert wird."

„Da müssen Sie sie selber fragen. Ich dachte, sie käme mit der Situation zurecht. Sie ist eine ausgesprochen fähige Mitarbeiterin, daher sah ich sachlich keinen Grund, sie zu entlassen."

„Wann haben Sie Frau Neumann gesagt, dass Sie Catherine heiraten werden?"

„Ein paar Tage nachdem ich Catherine den Heiratsantrag gemacht habe. Das war vor etwas zwei Monaten."

„Wie hat Frau Neumann reagiert?"

„Sie hat mir gratuliert. Nicht gerade herzlich, aber das konnte ich ja wohl auch nicht erwarten."

„Wusste ihre Verlobte von dieser Affäre?"

„Nein. Ich habe es ihr nicht erzählt. Wie gesagt, es war vor unserer Zeit. Und es ist auch nie wieder etwas passiert."

„Frau Neumann hat behauptet, Sie hätten ihr heute Morgen vom Tod Ihrer Verlobten erzählt. Ist das richtig so?"

„Ja, das stimmt. Wäre sie einfach Sprechstundenhilfe, hätte ich wohl nichts gesagt. Aber..." Er suchte nach den richtigen Worten, schien sie aber nicht zu finden.

Andersen half ihm. „Aber weil sie sich körperlich mal näher standen, war es vielleicht einfacher?"

„Ja, genau! Ich Idiot habe mich vielleicht bei der Mörderin ausgeheult." Er machte eine Pause und einen verzweifelten Eindruck.

Dass Christian mit seiner Heirat Frau Neumann verletzte, kam ihm anscheinend gar nicht in den Sinn.

„Da sind tatsächlich keine grossen Gefühle seinerseits",

dachte Andersen. Beinahe hatte er etwas Mitleid mir der Frau.

„Sie werden mit Lilo sprechen? Sie werden es herausfinden, wenn sie es war, die Catherine getötet hat?"

Andersen spürte Wut und Hilflosigkeit in diesen Worten. „Ich werde sicherlich nochmals mit ihr sprechen, ja. Ich bitte Sie, mit ihr in der Zwischenzeit nicht darüber zu reden."

Christian nickte.

„Haben Sie die Eltern von Catherine schon informieren können?", fragte Andersen.

„Ja, ich habe mit ihnen telefoniert. Sie werden sobald als möglich hierher kommen. Vielleicht schon morgen. Ich werde ihnen ein Hotel organisieren."

„Haben sie sich dazu geäussert, ob sie Catherine sehen möchten?"

„Nein, ich werde mich bei Ihnen melden, falls das der Fall sein wird."

„Okay!"

„Wollen Sie auch etwas essen? Ich hätte ein Stück Fleisch mit Salat."

Andersen knurrte wie auf Kommando der Magen. „Warum nicht? Sehr gerne." Der Hot Dog war anscheinend schon eine Station weiter in der Verdauung. „Nach dem Essen würde ich mir gerne Catherines Computer ansehen. Meinen Sie, das wäre möglich?"

Christian nickte. „Ja, sicher. Ich denke nicht, dass es etwas bringen wird, aber ich will Ihnen dabei helfen, Catherines Tod so schnell als möglich aufzuklären."

Das Essen war wirklich ausgesprochen gut. Christian Falk hatte sicherlich keine Probleme damit, Catherine mit seinen Kochkünsten zu überzeugen.

Er hatte Christian um ein Rezept gebeten, mit welchem er ein Festmenu auf den Tisch zaubern konnte. So kam er drum herum, stundenlang in Buchhandlungen nach einem geeigneten Buch suchen zu müssen. Zudem konnte er sich ziemlich sicher sein, dass das Essen gut werden würde.

Bewaffnet mit diesem „Rezept à la Christian" in seiner Tasche sass er nun vor Catherine Lohmanns Computer. Dieser hatte kein Passwort, was die Sache erleichterte. Er fühlte sich immer als Eindringling, wenn er die privaten Dateien fremder Personen las. Aber oftmals brachten Computer Geheimnisse ans Tageslicht. Einem Computer vertraute man meistens mehr als einem Menschen. Er fand ein paar Briefe, ein paar Fotos. Nichts Spektakuläres. Er klickte auf ihre Mailbox. Im Posteingang sah er ein Mail mit dem Protokoll der letzten Sitzung in der Bibliothek. Nicht besonders spannend. Er öffnete den Papierkorb. Oftmals wurde man hier fündig. So auch jetzt.

„Meine liebe Catherine, du hast heute wieder so hinreissend schön ausgesehen. Wenn du wüsstest, wie oft ich von dir träume. Wirst du meinen Wunsch erhören und meine Einladung annehmen? Ich liebe dich, Pet"

geschrieben am letzten Sonntag. Absender Peter Richter.

„Der arbeitete mit ihr zusammen in der Bibliothek. Manchmal hat sie mir die Mails gezeigt und darüber gelacht und sic immer sogleich gelöscht." Christian war ins Zimmer getreten und blickte ihm über die Schulter.

„Sie wussten von diesem Pet?", fragte Andersen.

„Ja, sie hatte vor mir keine Geheimnisse. Eigentlich heisst er Peter, aber er nennt sich Pet."

Andersen blickte ihn an.

Christian atmete ein. „Er hat sie ziemlich umschwärmt. Aber er ist harmlos. Er hat sie nie unsittlich angemacht." Er setzte sich auf einen Stuhl. „So hat Catherine es mir wenigstens erzählt." Auf einmal klang Christians Stimme etwas unsicher.

„Geantwortet auf seine Mails hat sie auch nicht, wie ich sehe", bemerkte Andersen, welcher sich weiter in Catherines Computer umgesehen hatte.

„Nein, sie hat die Briefe nicht ernst genommen. Das hoffe ich wenigstens."

„Sie könnte die geschickten Mails auch aus dem Papierkorb gelöscht haben", meinte Andersen.

„Ja, das wäre möglich. Aber ich glaube es nicht. Das ist nicht Catherines Art.

Andersen seufzte. Das brachte sie nicht weiter. „Trotzdem würde ich diesen Peter oder Pet Richter gerne kennenlernen", sagte Andersen. „Er scheint mir ein ernst zu nehmendes Kerlchen zu sein."

„Sie rufen mich, wenn Sie was brauchen." Christian verliess das Zimmer und Andersen las weitere Liebesbriefe von Pet Richter und fragte sich, woher Christian die Gewissheit nahm, dass Catherine wirklich nichts von Pet wollte.

War es blosses Vertrauen? Machte Liebe nicht manchmal blind? Alle Briefe handelten vom selben Thema. Er vergötterte Catherine, gestand ihr seine geheimsten Wünsche und bat darum, dass Sie mit ihm ausgehe. Warum hatte Catherine diese Mails nicht endgültig gelöscht, wenn sie ihr so gleichgültig gewesen waren? Vielleicht, gerade weil sie ihr gleichgültig waren? Was, wenn diese Kreuzchen in ihrer Agenda keine Kopfschmerzen waren, sondern „Pet Richter" hiessen? Das letzte Mail bekam sie am letzten Sonntag, am Montag buchte Catherine ein Hotelzimmer und da war ein Kreuzchen in der Agenda. Warum ging sie dann mit einer Frau aufs Zimmer? Aber es war ja gar nicht sicher, dass es die unbekannte Frau war, die sie aufs Zimmer begleitet hatte. War die Mörderin womöglich gar keine braunhaarige Frau, sondern ein Mann Namens Pet Richter? Bestimmt wusste auch er, dass Catherine heiraten wollte, aber nicht ihn. Wie hatte Catherine tatsächlich zu diesem Mann gestanden? Christian Falk schien sich seiner Sache sehr sicher zu sein, dass diese Liebe nicht auf Gegenseitigkeit beruhte. Er hoffte inständig, dass er Christians Welt nicht auch in dieser Hinsicht noch zerstören musste.

„Was um Himmels Willen ist denn das?" Christian unterbrach mit diesen Worten seine Gedanken. Er kam ins Zimmer und hielt ihm einen Brief hin. „Der war im Briefkasten", sagte er tonlos, seine Hand zitterte leicht. Andersen nahm den weissen Zettel. Darauf stand in einer wohlgeformten Handschrift:

„Mein lieber Christian, bitte mach dir keine Sorgen. Es geht mir gut! In Liebe, deine Catherine"

Andersen gab Christian den Zettel zurück. Seine Gedanken arbeiteten auf Hochtouren. „Ist das die Handschrift von Catherine?"

„Ja."

„Sind Sie sich sicher?"

„Ja, ziemlich sicher."

„Können Sie sich erinnern, ob sie diese Zeilen schon früher mal in einem Brief geschrieben hat?"

Christian überlegt. „Nein, an solche Worte kann ich mich nicht erinnern."

„Was steht auf dem Umschlag?"

„Nichts, es ist ein weisser Umschlag. Hier." Er streckte Andersen den Umschlag hin.

„Stammt der Brief aus Ihrem Vorrat?"

„Wie soll ich das wissen? Ich zähle die Umschläge nicht."

„Aber könnte es sein, dass das Papier und der Umschlag aus dieser Wohnung stammen?"

„Ja, grundsätzlich schon."

„Und der Brief lag heute im Briefkasten?"

„Ich habe ihn heute gefunden. Ich habe aber den Briefkasten seit vorgestern nicht mehr geleert."

„Lag er oben oder eher unten im Stapel der Post?"

„Das kann ich Ihnen leider nicht beantworten, ich habe nicht darauf geachtet."

Andersen nickte. „Darf ich den Brief mitnehmen?"

Christian lehnte sich an die Wand. „Ja, natürlich."

„Ich möchte ihn untersuchen lassen. Und noch etwas. Darf ich die Haarbürste von Catherine haben?"

„Die Haarbürste?"

„Ja, um genau zu sein, brauche ich ein paar Haare, die ganz sicher Ihrer Freundin gehören. Ich möchte eine

DNA Analyse durchführen lassen. Ich brauche einen Vergleich zwischen Ihrer Verlobten und der Toten."

Kapitel 5

„Schrecklich. Ganz schrecklich! Wissen Sie, wir vermissen sie alle sehr hier! Sie war eine ausgesprochen tolle Mitarbeiterin! Wissen Sie, eigentlich war sie sowas wie die Stellvertreterin des Chefs." Die Dame war blond.

Andersen hatte die Idee, dass es auch andere Frauen als Brünetten gab, schon fast aufgegeben. Er stand vor dem Tisch, an welchem man die Bücher zum Ausleihen registrieren musste. Die Blondhaarige hatte sich bereit erklärt, Herrn Richter zu suchen und herzubeten.

„Herr Richter wird gleich hier sein." Sie hängte den Hörer auf.

„Vielen Dank. Catherine Lohmann war sehr beliebt, wie Sie sagen?"

„Ja, wissen Sie, beliebt! Wirklich! Sie war eine so herzensgute Person. Alle haben sie gemocht. Manche sogar etwas mehr als gemocht, obwohl Catherine ja verlobt war."

Andersen blickte sie fragend an.

„Also, wissen Sie, ich will ja niemanden verdächtigen." Sie blickte ihn unschuldig an. „Ich dachte, sie wissen... wenn Sie mit Herrn Richter sprechen wollen..."

„Mmh.", erwiderte Andersen. Allmählich ging ihm das „wissen Sie..." ziemlich auf die Nerven. Er hoffte, dass sein Gesprächspartner bald kommen würde.

„Also wissen Sie, Herr Richter hätte zwar ein Motiv gehabt. Eifersucht. Aber wissen Sie, ich glaube nicht, dass er es war."

„Wie kommen Sie zu dieser Schlussfolgerung?"

„Wissen Sie, Herr Richter hat Catherine wirklich gemocht. Er hätte ja nichts davon, sie umzubringen. Und da ist noch etwas." Die Dame flüsterte beinahe.

„Ja?", fragte Andersen etwas ungeduldig, als sie schwieg. Anscheinend genoss sie es, ihren Beitrag zu den Ermittlungen zu leisten.

Sie hielt die Hand vor den Mund und flüsterte weiter: „Wissen Sie, er ist nicht der Hellste! Sie wissen schon." Sie sah ihn vielsagend an und lächelte milde.

„Es braucht nicht unbedingt Intelligenz, um einen Menschen zu töten, geschweige denn, um Eifersucht zu empfinden", sagte Andersen.

„Sie wollten mich sprechen?" Andersen drehte sich um und sah in das Gesicht eines jungen Mannes, von welchem er jetzt auf den ersten Eindruck her nicht das Gefühl hatte, dass er „nicht der Hellste" sei. Er war mittelgross, blondhaarig und machte einen gepflegten Eindruck.

„Ja, gerne. Gibt es einen Ort, wo wir ungestört reden können?"

„Ja, kommen Sie bitte mit. Wir gehen in den Aufenthaltsraum."

„Vielen Dank", sagte er zur Empfangsdame. Diese war aber bereits damit beschäftigt, einem gutaussehenden Mann ein Buch über den Tisch zu schieben.

Herr Richter führte Andersen in einen Raum, welcher wohl dem Personal vorbehalten war. Es gab eine kleine Küche und ein paar Tische. Wahrscheinlich verbrachten die Mitarbeiter hier ihre Pausen. Sie setzten sich an einen der Tische.

„Wie geht es Ihnen?", fragte Andersen.

Pet Richter schaute ihn verblüfft an. „Ich dachte, das wird jetzt ein Verhör oder so, ich nehme an, Sie haben die Mails gelesen. Warum wollen Sie wissen, wie es mir geht?", fragte er misstrauisch.

„Nicht alle Polizisten sind Unmenschen."

„Aha, ja." Richter machte eine Pause, er schien zu überlegen. Er schien bedrückt zu sein und nach den richtigen Worten zu suchen. „Ehrlich gesagt gehts mir nicht so gut. Der Tod von Catherine ist schlimm für mich."

„Wann haben Sie sie zum letzten Mal gesehen?"

„Das war am Donnerstagnachmittag. Kurz bevor sie nach Hause gegangen ist. Oder eben nicht nach Hause gegangen ist. Ich habs in der Zeitung gelesen, das mit dem Hotel", fügte er schnell hinzu.

„Sie haben ihr am Mittwoch ein Mail geschrieben. Hat Catherine Ihnen darauf eine Antwort gegeben?"

Richters Gesicht lief rot an. Es war unübersehbar, dass ihn die Sache berührte. Andersen glaubte zu spüren, wie er die Fäuste leicht ballte unter dem Tisch.

„Nein, hat sie nicht. Im Prinzip habe ich ihre Antwort ja gekannt. Ich habe sie halt sehr gerne gehabt, und sie deswegen immer wieder gefragt. Ich dachte, vielleicht würde sie ihre Meinung ändern."

„Frau Lohmann war verlobt", bemerkte Andersen.

Richter senkte den Kopf. „Ja, das wusste ich natürlich."

„Trotzdem haben Sie nicht aufgegeben."

„Nein, ich wollte mich nicht damit abfinden, dass sie mich nicht will. Manchmal ändern Menschen ihre Meinung."

„Ist Frau Lohmann jemals mit Ihnen ausgegangen?"

„Nein, leider nicht. Ich habe nie mehr getan, als ihr

Mails zu schreiben. Ich habe sie nie angefasst oder so!" Richter sah in durchdringend an.

Andersen nickte nur. Er spürte die Verzweiflung dieses Mannes fast am eigenen Leibe. „Noch eine letzte Frage. Es ist eine Routinefrage, es tut mir leid, aber ich muss sie Ihnen stellen: Wo waren Sie am Donnerstagabend?"

Richter blickte auf. „Verstehe. Natürlich müssen Sie diese Frage stellen. Ich war bis 19 Uhr hier in der Bibliothek. Ich musste neu angekommene Bücher im System erfassen. Danach bin ich mit der Strassenbahn nach Hause gefahren. Ich habe mit meinem Wohnungspartner gegessen und danach in einem Buch gelesen", sagte er.

Andersen hatte gemischte Gefühle. Er schlenderte durch die grosse Eingangshalle der Bibliothek. Er war sich ziemlich sicher, dass Peter alias Pet Richter mit dem Mord von Catherine Lohmann nichts zu tun hatte. Mit dieser Abkürzung Pet konnte er sich nicht recht anfreunden. Wie konnte man einen Namen so verhunzen. Er nannte sich ja auch nicht Küde oder so. Wie auch immer. Da war ein gewisses Etwas, das ihn störte. Was genau es war, konnte er nicht herausfinden.

„Kommissar Andersen?" Andersen drehte sich um.

„Entschuldigen Sie, dass ich Sie hier überfalle, aber dürfte ich einen kurzen Moment mit Ihnen sprechen? Ich glaube, es ist wichtig. Mein Name ist Ernesto Artho. Ich bin der Inhaber dieser Bibliothek."

„Selbstverständlich!"

„Gut. Gehen wir in mein Büro."

Sie fuhren mit dem Aufzug in den ersten Stock.

„Bitte nehmen Sie Platz." Andersen setzte sich an einen Besprechungstisch und Herr Artho nahm ihm gegenüber

Platz.

Ernesto Artho war ein überaus attraktiver Mann, vermutlich italienischer Abstammung. Er hatte auch einen leicht ausländischen Akzent.

„Es ist etwas kompliziert", begann Ernesto.

Andersen liess ihm Zeit und war froh, dass sein Gegenüber trotz des südländischen Aspektes keine Goldkettchen trug, mit welchen er jetzt spielen könnte. Goldkettchen symbolisierten für ihn Machogehabe, was er überhaupt nicht mochte. Ernesto Artho machte auf ihn einen offenen und symphatischen Eindruck.

„Es tut mir unendlich leid, was mit Catherine geschehen ist", fuhr Herr Artho weiter. „Vielleicht mache ich jetzt einen grossen Fehler, wenn ich Ihnen das alles erzähle, aber ich will nicht schweigen. Es belastet mich zu sehr. Ich möchte die Wahrheit wissen." Er nahm einen tiefen Atemzug und verschränkte die Hände.

„Was meinen Sie damit, dass Sie einen Fehler machen?"

„Ich bin verheiratet." Seine Augen und seine Miene verrieten, dass er über diese Tatsache nicht besonders glücklich war. „Meine Frau ist ziemlich eifersüchtig. Manchmal ist es beinahe krankhaft. Das belastet auch unsere Ehe sehr stark und wir haben uns auseinandergelebt. Was ich Ihnen jetzt erzähle, spricht eigentlich gegen meine eigene Frau." Er drehte nervös an seinem breiten Ehering. „Catherine und ich sind uns einmal nähergekommen."

„Wann war das?", fragte Andersen behutsam.

„Vor etwa einem Jahr. Es war auf einem Firmenfest. Ich habe für die ganze Belegschaft ein Schiff gemietet und da haben wir gefeiert. Wir haben ziemlich viel Alkohol getrunken. Am Schluss waren nur noch Catherine

68

und ich auf dem Boot. Und dann ist es eben passiert."

„Sie haben mit Catherine geschlafen?", präzisierte Andersen.

„Ja. Wir haben beide entschieden, dass es eine einmalige Sache bleiben sollte. Ich wollte mich auch nicht zwischen sie und Christian stellen, wir sahen beide ein, dass wir nicht mehr als Freundschaft füreinander empfinden. Es war einfach ein schöner Moment. Wir sind danach gute Kollegen geblieben, weiter nichts. Ich habe es damals meiner Frau nicht erzählt, aber Sie wissen ja, wie Frauen sind. Sie schöpfte Verdacht und begann mich zu kontrollieren." Er lächelte schief.

„Haben Sie Catherine gegenüber erwähnt, dass ihre Frau eifersüchtig ist?"

„Nein, ich habe mit niemandem darüber gesprochen, nicht mal mit Catherine, ich wollte dieses Thema so schnell wie möglich vom Tisch haben. Einmal kam meine Frau in die Bibliothek. Caterine stand gerade auf einer Leiter um ein Buch herunterzuholen. Ich hielt die Leiter. Es war wirklich nichts Auffälliges an der Situation, aber meine Frau machte am Abend eine riesige Szene daraus. Sie unterstellte mir, etwas mit Catherine zu haben, weil ich angeblich die Situation ausnützen wolle, Catherine unter den Rock zu schauen. Dass da tatsächlich mal viel mehr passiert war, habe ich ihr nie erzählt, aber seit diesem Moment ist in meiner Frau ein unglaublicher Hass auf Catherine vorhanden. Sie hat sogar schon geäussert, dass sie diese Frau am liebsten umbringen würde. Natürlich habe ich das nicht für bare Münze genommen."

„Sie denken aber, ihre Frau könnte etwas mit dem Mord zu tun haben?", fragte Andersen ihn direkt.

Artho seufzte tief, rieb sich die Augen und zuckte mit

den Schultern. Er wirkte auf einmal sehr müde. Er strich sich seine dunklen Locken aus der Stirne. „Ich kann es leider nicht ausschliessen. In den letzten Tagen wirkte meine Frau seltsam ruhig. Es war beinahe unheimlich. Ist es möglich, dass Sie meiner Frau nicht erzählen, dass Sie diese Informationen von mir haben?"

„Ich sehe, was sich machen lässt", versprach Andersen. „Wann haben Sie Catherine zum letzten Mal gesehen?"

„Das war am Montagabend gleich nach der Arbeit, etwa um halb sechs. Sie stand unter dem Vordach und hatte Probleme den Schirm zu öffnen. Ich fragte sie noch, ob ich sie zum Bahnhof mitnehmen solle. Hätte ich es doch getan!" Er schwieg. „Dann bin ich gegangen und habe sie nicht wieder gesehen..." Seine Stimme versagte. Aber er hatte sich schnell wieder gefasst.

„Wissen Sie, ob Catherine Christian Falk diesen Seitensprung gebeichtet hat?"

„Ja, das hat sie. Christian schätzte ihre Ehrlichkeit und hat ihr verziehen. Er muss sie sehr gerne haben. Nein, er hat sie nicht nur gerne, er muss sie wirklich lieben! Er hat ihr geglaubt, dass es ein Ausrutscher war aufgrund von zuviel Alkohol, und seither ist auch tatsächlich nichts mehr passiert zwischen ihr und mir. Im Gegensatz zu meiner Ehe war die Beziehung zwischen Catherine und Christian auf einem soliden Fundament aufgebaut."

Andersen nickte. „Was hat ihre Frau am Montagabend gemacht?"

„Das kann ich Ihnen leider nicht genau sagen. Ich kam erst spät nach Hause. Nach der Arbeit habe ich mich noch mit einem Kollegen im Kunstmuseum getroffen für eine Buchbesprechung. Etwa um neun Uhr bin ich nach Hause gegangen, da war meine Frau nicht zuhause. Auf dem Küchentisch lag ein Zettel, auf dem stand, dass sie mit einer Freundin auswärts essen sei. Etwa um halb elf ist sie zurückgekehrt."

„Noch eine letzte Frage: Ist ihre Frau braunhaarig?"

„Ja, warum fragen Sie?"

Ernesto Artho hatte ihm seine Adresse gegeben und Andersen brauchte nicht lange zu suchen.

Er kannte die Strasse und fand das Haus auf Anhieb. Auf sein Klingeln öffnete ihm eine Frau mit braunen, langen Haaren, welche ihr über die Schultern fielen. Andersen verstand, warum es Ernesto schwer fiel, diese Frau zu verlassen, sie strahlte etwas Stolzes und Anmutiges aus, auch etwas Sinnliches. Sie hatte irgendwie eine gewisse Ähnlichkeit mit Catherine.

„Kommissar Andersen. Ich möchte Ihnen ein paar Fragen stellen zum Mord von Catherine Lohmann. Darf ich bitte hereinkommen?"

Frau Arthos Augen begannen zu funkeln. „Was wollen Sie! Diese Frau hat den Tod verdient."

„Bitte, können wir uns vielleicht drinnen unterhalten? Es muss ja nicht gleich die ganze Nachbarschaft Bescheid wissen."

Die Ähnlichkeit mit Catherine verflog zusehends, wenigstens, was die Ausstrahlung betraf. Catherine musste grundsätzlich eine liebenswürdige, freundliche Person gewesen sein, diese Frau sprühte im Moment voll Hass. Nicht, dass Catherine nicht fähig gewesen wäre für solche starken Gefühle, aber diese Frau war wahrscheinlich meistens weder freundlich noch nett, sondern verbittert. Er rechnete nicht damit, dass sie ihm irgendwas anbieten würde, was sie auch nicht tat. So setzte er sich auf das lederne, schwarze Sofa und blickte zu Frau Artho, welche am Fenstersims lehnte, die Arme verschränkt hielt und ihn trotzig ansah. „Wie kommen Sie darauf, dass ich etwas wissen könnte? Sie haben es von meinem Mann, stimmts?"

Andersen antwortete nicht auf ihre Frage sondern meinte: „Sie haben vorhin geäussert, dass Frau Lohmann den Tod verdient hat. Wie meinen Sie das?"

„Das ist mir so rausgerutscht. Diese Frau war die Geliebte meines Mannes. Er hat immer alles abgestritten, aber ich lasse mich nicht für dumm verkaufen! Ich spüre das, wenn ein Mann ein schlechtes Gewissen hat!"

Andersen bezweifelte, dass Ernesto Artho ein schlechtes Gewissen gehabt hatte. Ihm kam es eher so vor, als habe er schon länger mit dieser Frau abgeschlossen gehabt. „Haben Sie jemals mit Catherine Lohmann gesprochen?"

„Nein. Ich habe sie einmal in der Bibliothek getroffen. Sie stand gerade auf einer Leiter und mein Mann starrte ihr unter den Rock. Ich sage Ihnen, er begehrte diese Frau!"

„Was haben Sie dann getan, als Sie ihren Mann in dieser Situation gesehen haben?"

„Ich habe ein paar Worte mit ihr und meinem Mann gewechselt und bin nach Hause gefahren. Am Abend habe ich ihn zur Rede gestellt. Er hat alles abgestritten."

„Wann haben Sie Catherine Lohmann das letzte Mal gesehen?"

„Das sagte ich Ihnen doch schon. Ich habe sie nur einmal getroffen, dort in der Bibliothek. Ich habe sie nicht umgebracht."

„Wie haben Sie vom Tod von Frau Lohmann erfahren?"

„Mein Mann hat es mir erzählt."

„Was haben Sie am letzten Montagabend gemacht?"

Frau Artho blickte ihn spöttisch an. „Ich war mit einer Freundin im Restaurant „Schlosshof". Wir haben dort miteinander gegessen. Das war von zwanzig Uhr dreissig bis zweiundzwanzig Uhr."

„Und vorher?"

„Hab ich mich hier zuhause zurechtgemacht."

„Kann das jemand bestätigen?"

„Nein! Ich war alleine."

„Darf ich bitte den Namen dieser Freundin erfahren?"

Frau Artho verliess das Zimmer und kam kurz darauf mit einem Zettel zurück. Darauf stand ein Name und eine Telefonnummer. „Hier bitte!" Andersen erinnerte sich, dass sie auch ihrem Mann einen Zettel geschrieben hatte, um ihm zu sagen, dass sie mit einer Freundin weg sei. Zettel schreiben schien für diese Frau eine beliebte Form der Kommunikation zu sein.

„Das geht mich zwar nichts an. Aber ich frage mich, warum sie noch mit Ihrem Mann zusammen sind, wenn sie so unglücklich sind mit ihm."

„Das geht Sie tatsächlich nichts an!"

Andersen erhob sich aus dem schwarzen Sessel. „Danke, das ist alles. Danke, dass Sie sich Zeit genommen haben."

„Es war mir ein Vergnügen." Ihre Augen glühten gehässig.

Wieder auf der Strasse rief er das Präsidium an und liess sich die Angaben auf dem Zettel überprüfen. Dann wählte er die Nummer. Eine nette Dame bestätigte, am Montagabend zu besagter Zeit mir Frau Artho im Restaurant

Schlossgarten gewesen zu sein. Er hatte nichts anderes erwartet, zumal ihm diese Angabe kein wirkliches Alibi lieferte. Denn zur Todeszeit von Catherine und früher war Frau Artho angeblich hier alleine zuhause gewesen. Und dafür gab es leider keine Zeugen.

Kapitel 6

„Diese bitte!" Christian Falk zeigte auf die Tageszeitung.

„Wie geht es Ihnen?", fragte die nette Verkäuferin, welche sich letztes Mal so rührselig um ihn gekümmert hatte. Er dachte, dass ein paar gut gemeinte Worte nicht schaden könnten und hatte sich daher entschlossen, einen Spaziergang in den Park zu machen.

Seit er diese ominöse Nachricht im Briefkasten gefunden hatte, fuhren seine Gefühle Achterbahn. Er konnte nicht glauben, dass Catherine noch lebte. Er hatte sie ja mit eigenen Augen gesehen, da auf diesem schrecklich kalten Tisch. Andererseits, wenn er sich vielleicht getäuscht hatte? Er war ziemlich durcheinander gewesen an diesem Tag, vielleicht hatten ihm seine Sinne einen Streich gespielt? Hoffnung flammte in ihm auf. Vielleicht war Catherine nicht die Tote. Dann wäre sie vielleicht auch nie in diesem Hotel gewesen. Aber warum sollte Catherine ihm so etwas antun? Warum sollte sie einfach verschwinden, um ihm eine solche Nachricht zu hinterlassen? Nein, das konnte er sich noch weniger vorstellen als die Tatsache, dass sie tot war. Es musste ein Unbekannter sein, welcher ihm mit diesem Brief einen grausamen Streich gespielt hatte. Den Brief hatte er Andersen gegeben. Er wurde untersucht. Der Einbruch! Was wollte der Eindringling in seiner Wohnung? Hatte er etwas gesucht? Oder war es gar kein Einbruch gewesen? Es hatte nichts gefehlt. Aber der Teppich... Ach Herrgott, diese vielen Fragen und nirgendwo eine Antwort. Es war zum Verrücktwerden! Wenn sich nicht bald etwas tat, würde er wahnsinnig werden, ja. Er hoffte inständig, dass Andersen bald eine Spur verfolgen konnte, welche ihm Klarheit in dieses Chaos brachte. Andersen war ein ausgesprochen fähiger Polizist. Bestimmt würde er bald etwas finden, das weiterhalf. Er wollte daran glauben. Er musste daran glauben.

„Danke, den Umständen entsprechend. Ich möchte die Zeitung, um zu sehen, was über den Mord an meiner Verlobten drinsteht.“

„Ja, sicher! Es steht nicht viel darin, ich habe schon nachgeschaut. Die Polizei tappt wohl ziemlich im Dunkeln?“

„Sie tut, was sie kann.“ Christian hatte das Gefühl, Andersen verteidigen zu müssen.

„Ja, davon gehe ich aus. Aber die Polizei ist auch nicht allwissend!“

„Nein, ist sie nicht. Aber ich denke, dass sie tun, was möglich ist.“

„Sagen Sie, haben Sie schon mal dran gedacht, die Hilfe einer Wahrsagerin in Anspruch zu nehmen?“

Christian musste beinahe lachen. Dieser Gedanke schien ihm nun doch sehr fremd. „Nein, ich halte nicht viel von Wahrsagern. Ich glaube an das, was ich sehe.“

„Sie ist eine sehr gute! Sie hat schon oft helfen können, wenn es darum ging, Fälle aufzuklären.“

„Nein, danke. Das ist lieb gemeint, aber nichts für mich!“

„Wie Sie meinen. Ich schreib Ihnen die Adresse auf. Vielleicht überlegen Sie es sich doch noch anders.“

„Ganz sicher nicht!“, dachte Christian, aber er wollte

die nette Verkäuferin nicht vor den Kopf stossen und nahm den Zettel entgegen, den sie ihm hinstreckte und steckte ihn ein. Ihm kam etwas in den Sinn: „Kennen Sie einen Obdachlosen, welcher sich oft hier im Park aufhält? Er ist mittelgross, hat einen etwas ungepflegten Bart."

„Ah, Sie meinen wahrscheinlich Arthur, ja den kenne ich. Manchmal kommt er vorbei und kauft etwas."

„Arthur, heisst er wirklich so?"

„Ja, warum denn nicht?"

„Ich weiss nicht, irgendwie passt der Name nicht zu einem Obdachlosen."

„Aha, wie sollten denn Obdachlose Ihrer Meinung nach heissen?", fragte die Verkäuferin belustigt.

„Keine Ahnung. Sie haben schon Recht. War blöd von mir!"

„Warum fragen Sie? Brauchen Sie etwas von ihm?"

„Ich wollte mich bei ihm entschuldigen. Er hat mir etwas erzählt und ich habe ihn daraufhin ziemlich angefahren. Wissen Sie zufällig, wo ich ihn finde?"

„Meistens ist er auf der Parkbank, dort hinten beim Springbrunnen."

„Vielen Dank! Auch für die Adresse. Ich kann Ihnen nicht garantieren, dass ich den Dienst dieser Wahrsagerin in Anspruch nehmen werde, aber es war nett, mit Ihnen zu reden."

„Keine Ursache. Kommen Sie wieder, wenn Sie was brauchen!" Die Verkäuferin lächelte.

Christian fand Arthur tatsächlich auf der Parkbank beim Springbrunnen. Wahrscheinlich fand es der Obdachlose praktisch, in dieser Hitze neben dem kühlenden Wasser zu sitzen. Arthur schien zu schlafen. Auf jeden Fall sass er da, die Hände vor dem Bauch verschränkt, die

Augen geschlossen. Entgegen seinen Erwartungen fand er neben ihm auf der Bank keine leeren Bierdosen oder Weinflaschen. Nur eine kleine Tasche. Christian wusste nicht recht, wie er ihn wecken sollte. Schlussendlich sagte er: „Hallo Arthur!"

Der Angesprochene öffnete die Augen und blinzte ein paar Mal. „Hallo!" Arthur hob zum Gruss die Hand.

Erst jetzt erkannte Christian, dass um Arthurs Auge ein blauer Fleck zu sehen war.

„Was ist passiert?", fragte er.

„Ach, nichts weiter." Arthur wehrte ab.

„Arthur, was ist passiert?", fragte er nochmals, dieses Mal eindringlicher.

„Die Sitten sind halt hier im Park etwas rauer. Da war wohl jemand eifersüchtig, weil ich mir was Schönes leisten konnte."

„Wie, etwas Schönes?"

„Danke nochmals für das Geld, ich habe mir damit ein gutes Nachtessen kaufen können."

Wieder war Christian erstaunt. Er hatte gedacht, der Obdachlose würde das ganze Geld für Bier brauchen. „Du meinst, du wurdest geschlagen, weil jemand gesehen hat, dass du Geld bekommen hast?"

„Ja, genau" Arthur wäre am liebsten in einem Erdloch versunken.

Christian setzte sich neben ihn auf die Bank. „Das tut mir leid."

„Ach was", wehrte Arthur erneut ab. „Halb so schlimm."

„Nein, das finde ich nicht. Ich werde das nächste Mal vorsichtiger sein, okay?"

Arthur nickte.

„Ich möchte mich ausserdem auch sonst bei Ihnen entschuldigen."

„Wofür?" Arthur schien ehrlich erstaunt.

„Dafür, dass ich Sie so angeschrien habe. Ich war mit meinen Nerven ziemlich am Ende."

„Kein Problem, ich kann Sie gut verstehen. Ist ja auch wirklich schlimm, was Sie da durchmachen müssen."

„Darf ich Sie was fragen?", fragte Christian.

„Natürlich."

„Sie sagten mir, sie hätten die Frau aus der Zeitung, meine Verlobte gesehen. Sind Sie immer noch dieser Meinung?"

„Wollen Sie mich ins Irrenhaus sperren lassen, wenn ich „ja" sage?", fragte Arthur misstrauisch.

„Nein, will ich nicht. Ich möchte eine ehrliche Antwort von Ihnen."

„Ich hatte in dieser Nacht zwar ein Bierchen getrunken, aber ich war trotzdem noch genügend nüchtern. Ich bin ziemlich sicher, dass es die Frau aus der Zeitung war."

„Was hat sie gemacht? Wo ist sie hingegangen?"

„Sie ist durch den Park gelaufen. Sie schien es ziemlich eilig zu haben. Dort hinten habe ich sie aus den Augen verloren." Er zeigte mit dem Finger auf das Ende des Parks. „Sie hatte einen kleinen Koffer dabei, einen kleinen schwarzen Koffer. Etwa so gross." Er zeigte mit den Händen etwa fünfzig Zentimeter.

„Und sonst?"

„Mehr kann ich Ihnen nicht sagen. Mehr weiss ich leider nicht. Wenn ich gewusst hätte, dass es wichtig ist, hätte ich mich natürlich mehr ins Zeug gelegt. Aber ich habe ja erst am nächsten Morgen das Bild in der Zeitung gesehen."

„Ja, klar." Christian nickte. Vielen Dank!" Er war etwas enttäuscht. Er hatte sich mehr Informationen erhofft. Trotzdem fand er, ein Dank sei angebracht. „Sagen Sie, hätten Sie Lust auf ein gutes Mittagessen? Oder meinen Sie, das ist auch zu riskant?"

„Nein, nein! Ich lasse mich von denen nicht unterkriegen. Oh Mann, Sie schickt der Himmel! Da sage ich nicht nein!" Arthur strahlte übers ganze Gesicht.

„Wie kommt es, dass Sie auf der Strasse leben?", fragte Christian. Sie sassen vor einem Teller dampfender Spaghetti in einem italienischen Restaurant. Es hiess „Pizzeria Alfonso".

„Ich habs mir so ausgesucht."

„Klingt irgendwie poetisch", meinte Christian, welcher sich gerade eine Portion auf die Gabel drehte.

Arthur winkte ab. „Nein Quatsch! Die übliche Geschichte halt. Die Frau hat mich verlassen, Probleme am Arbeitsplatz, Kündigung. Ich konnte die Wohnung nicht mehr bezahlen. Da habe ich mich für dieses Leben entschieden."

„Entschieden?"

„Naja, ganz freiwillig wars nicht, ich gebs ja zu. Aber es tönt für mich einfach besser, wenn ichs so formuliere. Ich bin nicht wie die üblichen Penner. Klar, ich trinke ab und zu ein Bier, aber nicht mehr als ich wirklich vertragen kann. Und ich dusche vielleicht nicht so oft wie andere Leute. An jenem Tag, als Sie mich zum ersten Mal sahen, hatte ich aber keinen Alkohol getrunken. Ich stand da nur ein wenig neben meinen Schuhen, weil mich das alles so durcheinander gebracht hat. Ich nehm keine Drogen habe mich noch nie strafbar gemacht. Oh, ist das gut!", bemerkte er noch und meinte damit die Spaghetti.

Christian glaubte zu seiner eigenen Überraschung die Geschichte des friedlichen Obdachlosen, auch wenn sie ziemlich unwahrscheinlich klang. Arthur machte auch nicht den Anschein, wie wenn er wahnsinnig unglücklich wäre. „Und wovon leben Sie?", fragte er.

„Von den netten Gaben von Parkbesuchern."

„Sie könnten Sozialhilfe beanspruchen", schlug Christian vor.

„Ach die! Nein, das ist nichts für mich. Diese arroganten Tussis auf diesen Büros, da lebe ich lieber frei."

„Aber wirklich frei sind Sie ja auch nicht, wenn Sie von Almosen leben, oder?"

„Oh Mann, spielen Sie bloss nicht den Moralapostel!", Arthur warf die Hände in die Luft.

Christian wechselte das Thema. „Glauben Sie an ein Leben nach dem Tod?"

Arthur schaute ihn ernst an. „Ja, ganz sicher. Dieses Leben hier ist eine Möglichkeit zu Lernen, eine Durchgangsstation. Wir können nichts mitnehmen ausser unseren Erfahrungen."

Christian war erstaunt über seine plötzlich gehobenere Sprache, so viel Weisheit und meinte: „Wissen Sie, ich glaube eigentlich nur an das, was ich sehe." Er erinnerte sich daran, dass er gerade vorhin dasselbe zur Verkäuferin gesagt hatte. „Alles, was ich nicht sehen oder beweisen kann, ist für mich auch nicht existent. Aber als ich Catherine da hab liegen sehen, hatte ich ein ganz seltsames Gefühl. Als wolle sie mir etwas sagen, als stünde sie neben mir."

„Gut möglich. Die Toten sind nur in einer andern Dimension. Sie sind nicht weg von hier. Öffnet man sich dieser Dimension, wird sie durchgängig. Wie Nebel, welcher immer lichter wird." Er hob die Hand, um einen imaginären Nebel zu vertreiben.

Christian dachte über diese Worte nach und ihm kam ein Gedanke, den er selber als völlig absurd abtat. „Halten Sie es für möglich, dass Sie vielleicht diese andere Welt gesehen haben, als Sie Catherine im Park gesehen haben?"

„Ganz ehrlich, es ehrt mich, dass Sie mich für ein Medium oder so was halten, aber ich muss Sie leider enttäuschen. Diese Frau war aus Fleisch und Blut!"

„Verstehe." Christian wickelte bedächtig eine weitere Portion Spaghetti auf die Gabel und fragte Arthur: „Was, glauben Sie, ist der Sinn des Lebens?" Sogleich fragte er sich, warum er einem Kerl, der auf der Strasse lebte, eine solche Frage stellte. War nicht er es, welcher studierte hatte? Aber ehrlich gesagt, hatte er sich über ein solches Thema noch nie wirklich Gedanken gemacht. Obwohl er als Arzt täglich mit Leben und Tod konfrontiert wurde. Diese Tatsache irritierte ihn.

Arthur kaute auf einem Stück Brot herum. „Ich glaube, wie ich schon gesagt habe, dass wir in diesem Leben Erfahrungen machen sollen. Wir sollen lernen und wachsen. Geraten Sie in eine Krise, ist es Ihr Job, das Beste daraus zu machen und das Positive darin zu sehen, den Sinn zu erkennen und an den Schmerzen zu wachsen."„Was soll ich Positives darin sehen, dass meine Frau ermordet wurde?" fuhr in Christian an. „Entschuldigen Sie, war nicht so gemeint."

„Kein Problem!" Arthur lächelte. „Ich glaube, je tiefer die Nacht, desto heller der Tag, welcher folgen wird. Je dunkler die Nacht, desto mehr begegnen Sie sich selbst.

Das Leben verlangt Wachstum. Wissen Sie, dass die Chinesen dasselbe Schriftzeichen für Krise und für Chance haben?"

„Sie wollen aber nicht behaupten, dass Sie absichtlich auf der Strasse leben, sich absichtlich in den Schlamassel geritten haben, um besser lernen zu können?", fragte Christian.

Arthur grinste. „Nein. Das habe ich nicht. Das Leben an sich sorgt genug für Lerninhalte. Man muss sie sich nicht selber schaffen. Man darf dafür sorgen, dass es einem gut geht. Es ist aber schon so, dass man sich selbst begegnet, wenn man an seine Grenzen stösst. Seien es körperliche oder psychische. Manchmal sehe ich auch, dass der Mensch im Leid verharrt. Und es gibt Menschen, welche mehr Anerkennung erhalten, wenn es ihnen schlecht geht, als wenn sie putzmunter sind. Die einen jammern und bekommen Zuneigung, andere sitzen im Tal und erzählen, wie gut sie das alles meistern und ernten Bewunderung. Wozu also sollen sie gesund werden oder dafür sorgen, dass es ihn besser geht? Trotzdem geht es darum, nicht in den Tiefen dieses Leids zu bleiben. Es ist auch schöner, wenn es einem gut geht. Und für den Lebensfluss ist dieses Verharren in Schmerzen nicht förderlich."

Christian fand, dass diese weisen Gedanken gar nicht zu dem sonst eher einfachen Mann passten. „Woher haben Sie diese Gedanken?"

„Von nächtelangen Gesprächen mit einem Philosophiestudenten, der manchmal im Park rumhängt. Mit ihm hab ich mich ziemlich gut verstanden. Er hat mir geholfen, als es mir so richtig dreckig ging", sagte Arthur bescheiden.

„Wo schlafen Sie eigentlich im Winter?"

„In Notschlafstellen. Da kommt man ziemlich billig unter."

„Falls Sie mal krank werden, kommen Sie zu mir in die Praxis, okay?"

„Hey, das ist sehr nett! Sie sind Arzt?"

„Ja, ich habe nicht weit von hier ein Praxis mit einem Kollegen." Er kramte einen Zettel hervor, schrieb die Adresse darauf und gab sie Arthur.

„Hey, echt nett. Vielen Dank!"

„Gern geschehen. Ich hab eine kleine Bitte an Sie."

„Wenn ich sie erfüllen kann, kein Problem."

„Würden Sie ein wenig die Augen offen halten? Vielleicht taucht diese Frau ja nochmals im Park auf."

„Mach ich sowieso schon. Aber leider habe ich sie nicht mehr gesehen."

Die Serviertochter räumte die Teller weg. Arthurs Teller war so sauber, als sei er bereites in der Spülmaschine gewesen.

„Es scheint Ihnen geschmeckt zu haben!", meinte sie lächelnd.

„Oh ja, es war ein Traum", bedankte sich Arthur.

„Möchten Sie Kaffee?", fragte sie.

Arthur sah zu Christian, dieser nickte.

„Heute ist echt mein Glückstag!", rief Arthur.

„Dann bringe ich Ihnen noch ein Stück Kuchen, auf Kosten des Hauses."

„Würden Sie mich bitte gleich informieren, falls sie diese Frau nochmals sehen?", fragte Christian, um ganz sicher zu sein.

„Ja, auf jeden Fall! Versprochen. Ich halte meine Blinkerchen offen für Sie, Doc!"

„Da war ein Anruf für dich, Kurt", empfing ihn die Empfangsdame, Judith Rüegg, vom Polizeipräsidium. Frau Neumann wollte dich sprechen.

„Hat sie gesagt, was sie will?"

„Nein, leider nicht. Es sei privat." Judith sah ihn erwartungsvoll an und grinste.

„Also, es ist nicht so, wie du glaubst!", verteidigte sich Andersen.

„Ja, ja, das sagen sie immer!", seufzte Judith theatralisch. „Aber in diesem Fall glaube ich es dir sogar. Auf jeden Fall, du sollst sie zurückrufen."

„Mach, ich, vielen Dank, Judith!" Andersen nahm den Zettel, den Judith ihm hinstreckte und wollte weitergehen. Diese aber hielt den Zettel fest. „Äh, Kurt!"

„Ja?"

„Was hältst du eigentlich von Antoinette?"

„Was, wieso? Warum fragst du?" Andersen bekam einen heissen Kopf.

„Ach, nur so", meinte Judith.

Andersen sah sie streng an. „Was, nur so?"

„Ja, ich meine ja nur. Unter Frauen spricht man halt manchmal ein wenig."

Andersen war jetzt gänzlich verunsichert. „Judith! Was meinst du damit?"

„Also, ich glaube, sie mag dich..."

„Und warum sagst du mir das?", fragte Andersen.

„Oh Mann! Männer sind manchmal wirklich schwer von Begriff!", stöhnte Judith und lachte. „Geh jetzt in dein Büro!"

„Zu Befehl, Chef!", grinste Andersen und ging.

„Und Kurt...", rief Judith. „Falls du es dir anders überlegst, könnten wir mal was trinken gehen."

Kurt winkte ihr zu und lachte. Kurt Andersen, der Frauenheld. Das war doch mal was ganz anderes. Und er musste zugeben, dass ihm diese Rolle gefiel.

Im Büro telefonierte er zuerst mit Frau Neumann. Sie wollte ihn persönlich treffen und so vereinbarten sie einen Termin in etwa einer Stunde. Danach ging er die Listen der dunkelhaarigen Freundinnen von Catherine durch, die Liste, welche ihm Christian Falk gegeben hatte.

Das Gespräch mit einer Freundin, welche sich momentan in Ägypten aufhielt, brachte kein brauchbares Ergebnis. Fehlanzeige. Er erkundigte sich am Flughafen. Die Dame war vor zwei Wochen in einen Flieger gestiegen, der nach Kairo geflogen war. Hoffentlich brachte der nächste Anruf mehr Erfolg.

Er wollte gerade den Hörer abnehmen, als das Telefon klingelte. Es war Christian, welcher ihm erzählte, dass er mit einem Obdachlosen im Park gesprochen hatte, welcher glaubte, Catherine gesehen zu haben. „Mehr kann er leider nicht sagen", berichtete ihm Christian, nachdem er alles von Arthur erzählt hatte.

„Ich würde mich nicht zu sehr auf die Aussage eines Obdachlosen verlassen. Oftmals ist da auch noch Alkohol im Spiel", meinte Andersen.

„Nein, bei Arthur nicht. Er trinkt keinen Alkohol."

„Nein? Naja, das ist aussergewöhnlich. Wir behalten die Sache sicher im Auge."

„Wissen Sie schon etwas wegen dem Brief oder der Analyse?" fragte Christian.

„Nein, ich habe leider noch keine Ergebnisse. So schnell geht das nicht." „Aber es könnte doch sein, dass Catherine noch lebt. Der Obdachlose, der sie gesehen hat und dieser Brief..."

„Ich kann Ihre Gedanken gut nachvollziehen. Aber ich denke, es wäre besser, zuerst die Ergebnisse der Untersuchungen abzuwarten. Das bringt wahrscheinlich etwas Licht ins Dunkle."

„Ja, hoffentlich!" Er hängte auf.

Ach, verdammt. Die ganze Geschichte wurde immer komplizierter. Machte es überhaupt Sinn, diese Liste weiter zu bearbeiten? Diese Frauen hatten wahrscheinlich gar kein Motiv. Es waren Freundinnen von Catherine, welche mit Christian nichts zu tun hatten. Und es war ja nicht sicher, ob es überhaupt die unbekannte Frau war, welche den Mord begangen hatte. Viel verdächtiger war Frau Artho, das war seine Hauptverdächtige Nummer eins. Oder Lilo Neumann oder Pet Richter. Wobei er Richter eher ausschloss, aber das war nur ein Gefühl. Das Alibi von Frau Neumann war schwer nachzuprüfen. Warum wollte sie ihn nochmals sprechen? Wenn sie wirklich alleine zuhause gesessen hatte, gab es keine Zeugen, ohne Zeugen kein wasserdichtes Alibi. Das gleiche galt für Frau Artho. Ach verdammt! Warum hatte ihm Christian Falk eigentlich nichts von dieser Geschichte, dass Catherine fremdgegangen war, erzählt? Er hatte davon gewusst. Er hätte sich zusammenreimen müssen, dass die Frau dieses Mannes ein Motiv hatte. Wahrscheinlich wollte er Catherine nicht bloss stellen. Oder er hatte nicht gewusst, dass die Frau vom Seitensprung erfahren hatte. Ernesto hatte Catherine nur erzählt, dass er seiner Frau nichts sagen würde. Wahrscheinlich hatten weder Catherine noch Christian in ihr eine Gefahr gesehen.

Er würde die Ergebnisse der Untersuchungen abwarten, vielleicht ergaben sich da noch neue Aspekte.

Ja, falls es überhaupt Catherine war, die tot war. Solange nichts anderes bewiesen war, musste er davon ausgehen, dass die Tote Catherine war. Er stützte seinen Kopf in seine Hände.

Antoinette trat ins Zimmer. „Bist du müde? Heute ist aber nicht Neumond", stellte sie fest.

„Nein, es geht schon."

„Hier, ich habe ein paar interessante Sachen für dich." Sie überreichte ihm ein paar zusammengeheftete Blätter, es war der Autopsiebericht von Catherine Lohmann.

Er würde ihn später lesen, zuerst musste er etwas viel Wichtigeres hinter sich bringen. Er räusperte sich. Antoinette sah ihn erwartungsvoll an, was überhaupt nicht dazu beitrug, dass sich seine Nervosität legte. „Was hältst du davon, wenn ich dich zu einem Nachtessen einlade?" Er hatte es geschafft! Die erste Hürde war übersprungen.

„Mmh, warum nicht?", antwortet sie und lächelte.

„Ich kann uns etwas kochen, wenn du willst", fuhr er weiter.

„Oh, da bin ich aber gespannt. Ich kenne keinen Polizisten, der kochen kann."

Dass er nur Christians Menu in seinem Repertoire hatte, verschwieg Andersen vorläufig. „Morgen Abend?" , fragte er, fand aber gleich, dass diese Vorschlag vielleicht ein wenig gar forsch war. „Oder ein anderes Mal, ist vielleicht etwas kurzfristig morgen Abend..."

„Nein, überhaupt nicht", fiel ihm Antoinette ins Wort. „Morgen, um acht Uhr bei dir?"

„Prima! Ich freu mich sehr!"

„Ganz meinerseits. Ich freue mich, Anton kennen zu lernen!"

„Du kommst nur wegen Anton!", sagte Andersen gespielt entrüstet.

„Wir werden ja sehen." Antoinette zwinkerte ihm zu. „So, ich muss wieder los", sagte sie und verschwand aus der Tür.

Andersen schaute ihr nach. „Oh je. Was habe ich mir da eingebrockt", stöhnte er, aber natürlich war er in Hochstimmung und freute sich riesig. Acht Uhr. Um halb sieben musste er spätestens zuhause sein, rechnete er. Vorher noch einkaufen. „Das lässt sich machen", sprach er zu sich selber und griff nach dem Autopsiebericht.

Er begann zu lesen. In der Wunde der Toten fand man Spuren von Stein, sie war demnach gegen die Balkonmauer geprallt und hatte schwere Kopfverletzungen erlitten. Sehr wahrscheinlich war sie über die Schwelle der Balkontüre gestolpert. Ob sie jemand gestossen hatte, war schwer nachvollziehbar, auf jeden Fall war der Aufprall heftig. Wer hatte sie nach dem Sturz ins Zimmer getragen? Er las weiter. „Erstickt!", er erschrak selber, als er sich das Wort laut sagen hörte. Catherine war nicht an der Kopfverletzung, sondern durch Ersticken gestorben. Und ersticken tat man nicht aus purer Freude, da hatte jemand seine Finger im Spiel gehabt. Es war nun also klar, dass es sich um Mord und nicht um einen Unfall handelte. „Verdammt!", flüsterte er und las weiter. Keine Spuren eines Kampfes, keine Vergewaltigung. Der Magen war leer. Seltsam. Hatte sie mit jemandem essen gehen wollen? Hoppla, was ist denn das? Nochmals eine Überraschung. „Das ist ja ein Ding!", rief er aus und griff zum Telefonhörer. „Herr Falk, Andersen hier. Ich habe gerade den Autopsiebericht vor mir. Die Tote war im zweiten Monat schwanger! Wussten Sie das?"

Christian sass vor dem Telefon und versuchte, seine Gedanken zu ordnen. Erstickt. Catherine war erstickt worden. „Oh mein Gott! Hoffentlich hast du nicht leiden müssen. Hoffentlich warst du bewusstlos durch die Kopfverletzung! Und nochmals eine Hiobsbotschaft. Schwanger! Die Tote war schwanger gewesen. Wieso sollte Catherine ihm so etwas verheimlichen? Ein Stechen durchfuhr seine Brust, als ihm ein scheusslicher Gedanken kam. Vielleicht war das Kind nicht von ihm! Das Hotel. Hatte Catherine sich vielleicht doch mit fremden Männern getroffen? Dieser Pet! Vielleicht war es der? Das durfte nicht sein. Es durfte einfach nicht sein. „Davon hätte ich doch etwas bemerkt, verdammt!" fluchte er laut. „Catherine, warum tust du mir das an! Wo bist du? Wenn ich nur wüsste, ob du die Tote bist! Wenn ich nur sicher sein könnte, dass du noch lebst. Aber wo bist du?" Die DNA Probe würde bald Klarheit bringen. „Wie soll ich das nur aushalten bis zu diesem verfluchten Ergebnis?"

Er griff in seine Hosentasche, um ein Taschentuch hervorzuziehen. Dabei fiel ein Zettel zu Boden. Der Zettel, den ihm die nette Verkäuferin gegeben hatte. Die Wahrsagerin. Was, wenn sie ihm vielleicht einen Hinweis geben könnte? Wie sagt man doch: nützts nichts, so schadets nichts. Er stellte die Tasse Kaffee ins Spülbecken, etwas, das Catherine immer gehasst hatte, aber das war ihm jetzt egal, ging ins Wohnzimmer und wählte die Nummer.

In einer Stunde könne er vorbeikommen, sagte eine ruhige tiefe Frauenstimme. Er solle ein Foto von Catherine mitnehmen. „Dr. Falk, wo bist du hingekommen", seufzte er, ging zur Tür, nahm das Bild von Catherine, welches auf der Kommode stand, verliess die Wohnung und machte sich auf den Weg zu diesem Termin. Vor ein paar Tagen hätte er alle ausgelacht, hätte ihm jemand gesagt, dass er den Worten einer Wahrsagerin zuhören würde. Wie sich innerhalb kurzer Zeit nur so viel verändern konnte im Leben. Es war erstaunlich!

„Guten Tag Herr Andersen." Lilo Neumann lächelte ihn an und schien wie ausgewechselt, als Andersen die Praxis betrat.

„Guten Tag Frau Neumann. Wie geht es Ihnen?"

„Danke. Es geht." Sie schien nach Worten zu suchen.

„Was wollten Sie mir sagen?"

„Ähm, Dr. Falk ist nicht hier im Moment und ich wollte Sie kurz alleine sprechen. Ich war wohl etwas unfreundlich zu Ihnen das letzte Mal. Aber da können Sie ja nichts dafür. Die Situation ist für mich nicht ganz einfach." Sie machte eine Pause und Andersen wartete. Das Telefon klingelte. „Entschuldigen Sie bitte. Die Patienten kann ich leider nicht warten lassen."

Sie nahm den Hörer, führte ein kurzes Gespräch und fuhr dann weiter. „Christian – Dr.Falk- bedeutete mir mal sehr viel. Es war für mich nicht einfach, als er dann Catherine kennengelernt hat. Auch heute ist es noch nicht einfach. Ehrlich gesagt, bin ich noch nicht ganz drüber hinweg." Sie sah ihn an.

Andersen nickte.

„Sie wissen es also? Das von Christian und mir?", fragte Frau Neumann beinahe erleichtert.

„Ja, Dr.Falk hat mir davon erzählt", sagte Andersen

„Ich dachte, ich müsse nochmals mit Ihnen sprechen, weil ich sonst als Verdächtige gelte. Ich war ja nicht gerade freundlich zu Ihnen das letzte Mal."

„Naja, Unfreundlichkeit hat noch niemanden hinter Gitter gebracht. Zudem verstehe ich Ihre Situation", beruhigte Andersen sie. „Aber Sie haben schon Recht. Aufgrund dieser Situation gelten Sie als verdächtig."

„Eben, und daher wollte ich nochmals mit Ihnen sprechen. Ich habe zwar nach wie vor kein Alibi, was ich Ihnen schon erzählt habe, stimmt immer noch. Oder hat schon immer gestimmt", verbesserte sie sich rasch. „Ich habe mit dem Mord von Catherine nichts zu tun."

„Das würde ich Ihnen gerne glauben", sagte Andersen aufrichtig. „Leider kann ich Sie ohne Alibi nicht von der Liste der Verdächtigen streichen."

Frau Neumann nickte. „Ich habe nach wie vor starke Gefühle für Christian, das gebe ich zu. Aber deswegen würde ich seine Freundin nicht ermorden. Gefühle kann man nicht erzwingen."

Christian hatte das Haus gefunden, in welchem die Wahrsagerin wohnte. Es war ein Wohnhaus mit etwa zehn Wohnungen. Er suchte bei den Schildern nach dem richtigen Namen, als sich die Eingangstüre öffnete.

„Guten Tag Herr Dr. Falk!"

Christian blickte auf und stöhnte innerlich. Vor ihm stand einer seiner Patienten. „Guten Tag Herr Rauter."

„Wollen Sie zu mir?", fragte Herr Rauter, in seiner Hand trug er eine Papiertasche mit leeren Flaschen.

„Nein, ich suche Frau Müller."

„Aha. Frau Müller." Herr Rauter schien etwas enttäuscht. „Sie kann die Zukunft voraussagen", flüsterte er. „Man sagt, die Wohnung sei voll von Kristallkugeln und Kerzen. Wollen Sie von ihr die Zukunft wissen?"

Christian seufzte. Er konnte ja schlecht zugeben, dass er

als angesehener Mediziner den Rat einer Wahrsagerin in Anspruch nahm, oder etwa nicht? „Ich habe eine Frage an sie", antwortete er deshalb so neutral wie möglich.

„Nicht dass Sie denken, ich hätte all diese Weinflaschen alleine ausgetrunken." Herr Rauter deutete auf seine Tasche.

„Natürlich nicht", antwortete Christian und musste beinahe schmunzeln. Dass sein Patient ein Alkoholproblem hatte, war ihm schon längstens bekannt, aber er hatte es aufgegeben, ihm Moralpredigten zu halten. Seine Bemühungen hatten nicht gefruchtet. Zudem war er froh, das Thema wechseln zu können.

„Ich habe oft Besuch und da trinken wir ab und zu ein Glas Rotwein", erklärte Herr Rauter eifrig.

„Ab und zu ein Glas Rotwein ist ja auch kein Problem." Christian zwinkerte ihm zu.

Herr Rauter errötete leicht. „Ja dann, einen schönen Tag Herr Dr. Falk."

„Danke gleichfalls!"

Kein süsser Duft wehte ihm entgegen, er sah keine Kristallkugeln und keine Kerzen und Frau Müller sah auch völlig unspektakulär aus. Er war beinahe etwas enttäuscht.

Frau Müller war eine durchaus attraktive Frau, aber auf der Strasse wäre sie überhaupt nicht aufgefallen. Sie führte ihn in ihre Wohnung, welche sehr hell und modern eingerichtet war. War das eine seriöse Wahrsagerin? Sie hatte ihn ja erwartet, demnach stimmte die Adresse schon. Er musste grinsen über seine Vorstellungen. Anscheinend wusste er gar nichts über die heutigen Methoden der Wahrsagerei.

Er wurde in ein Zimmer geführt, in welchem er viele

Bücher sah. An einem kleinen Tisch standen zwei Stühle. „Setzen Sie sich, bitte", wies ihn die an. Sie setzte sich ebenfalls. „Was führt Sie zu mir?"

Christian hätte sich beinahe verschluckt. Sie war doch Wahrsagerin, sie musste doch wissen, warum er kam!

Frau Müller lächelte.

Gut! Anscheinend hatte sie wenigstens diese Gedanken erraten.

Sie nahm das Foto von Catherine und betrachtete es. „Wahrsager im Fernsehen oder im Film vermitteln oftmals einen falschen Eindruck. Was ich mache, würde ich nicht als wahrsagen bezeichnen, eher als Intuition", meinte sie nur. „Vieles im Fernsehen ist nur Show und hat mit der eigentlichen Sache nichts zu tun."

Christian kam sich etwas hilflos vor, deshalb kam er zu seinem Thema. „Meine Freundin ist am letzten Donnerstag in einem Hotel tot aufgefunden worden. Ich habe sie identifiziert. In der Zwischenzeit gibt es aber Hinweise, dass es vielleicht gar nicht sie ist, die ermordet wurde."

Er wollte weitererzählen, aber Frau Müller hatte die Augen geschlossen und wirkte in sich gekehrt. Er war sich gar nicht sicher, ob sie überhaupt hinhörte und fühlte sich auf einmal noch hilfloser und fehl am Platz.

„Es ist etwas schwer, ihre Freundin zu erfassen. Kann sein, dass sie nicht gesehen werden will. Ich sehe eine Brücke. Sie hat Angst. Sie hält sich die Augen geschlossen, sie möchte etwas nicht sehen. Sie zeigt auf ihren Bauch. Anscheinend ist etwas mit ihrem Bauch." Frau Müller öffnete die Augen. „Herr Falk, ich glaube, dass ihre Freundin lebt. Aber es geht ihr nicht besonders gut. Sie scheint in einer gewissen Bedrängnis zu sein."

Christian atmete schwer aus. Bedrängnis? War Catherine entführt worden? Aber er hatte keine Lösegeldforderung erhalten. Der Einbruch? Bauch? War Catherine doch schwanger? Aber nein, es war ja die Tote gewesen, die schwanger gewesen war und wenn Catherine lebte, war sie ja nicht die Frau aus dem Hotelzimmer. Er war ganz verwirrt. Oder war sie doch gestorben und Frau Müller erhielt die Informationen aus dem Jenseits? „Jetzt wirst du langsam verrückt", dachte er bei sich und wäre am liebsten aufgestanden und aus der Wohnung geflüchtet.

„Können Sie mit diesen Informationen etwas anfangen?" fragte Frau Müller.

„Nein, ehrlich gesagt nicht viel. Sind Sie sicher, dass sie noch lebt?"

Frau Müller öffnete eine Schublade und nahm eine Karte heraus. „Ich möchte versuchen, Ihnen einen Hinweis zu geben, wo sie ist." Sie legte die Karte vor sich auf den Tisch und fuhr mit der Hand darüber. „Sie ist nicht in dieser Gegend", sagte sie schlussendlich und nahm eine andere Karte, auf welcher die ganze Schweiz abgebildet war. „Sie ist im westlichen Teil der Schweiz, aber ich bekomme keine klaren Hinweise."

Super! Wie gross war der westliche Teil der Schweiz? Genauso gut hätte er eine Nadel in einem Heuhaufen suchen können. Sogleich kam er sich ungerecht vor. Diese Frau tat wirklich ihr Bestes.

„Es tut mir leid. Ihre Freundin ist stark blockiert, innerlich und auch äusserlich, es ist sehr schwierig, Informationen zu bekommen. Aber ich glaube, dass sie lebt. Sagt Ihnen das mit dem Bauch oder der Brücke vielleicht etwas?", fragte Frau Müller nochmals freundlich und lächelte.

Sogleich fühlte er sich etwas besser. „Die Tote war schwanger", sagte Christian.

„Ich bin nicht sicher", antwortete Frau Müller, nachdem sie nochmals in sich gegangen war. „Es tut mir leid, mehr kann ich nicht für Sie tun. Falls ich noch irgendwas empfangen sollte, werde ich mich bei Ihnen melden. Sie können mich auch jederzeit anrufen."

Christian fand die Dame zunehmend symphatisch. „Vielen Dank, dass Sie sich Zeit und Mühe genommen haben. Darf ich Sie noch etwas fragen?"

„Ja natürlich", entgegnete Frau Müller lächelnd.

„Wie machen Sie das? Wissen Sie, ich bin Wissenschaftler und es würde mich interessieren. Ich meine, besonders wissenschaftlich ist das ja nicht, was Sie da tun."

Frau Müller lächelte wieder. „Kennen Sie dieses Gefühl, als wissen Sie etwas ganz genau, können aber nicht beweisen, dass es so ist?"

„Ja, ich glaube schon", erwiderte Christian etwas unsicher und erinnerte sich an die Situation in der Gerichtsmedizin, als er glaubte, Catherine wolle ihm etwas sagen.

„Sehen Sie. Auf diese Informationen stütze ich mich. Ein wenig ist es vielleicht Begabung, so wie jemand besser oder schlechter singen kann, aber im Prinzip steckt dieses Wissen in jedem Menschen. Man kann lernen, darauf zu hören, man kann es trainieren, wenn Ihnen dieser Ausdruck gefällt."

„Aha", sagte Christian nur. Er hatte zwar verstanden, was Frau Müller ihm sagen wollte, war aber weiterhin skeptisch.

Er bedankte sich nochmals und verliess die Wohnung. Er war etwas enttäuscht über die wenigen Informationen. Aber dass diese Frau gemeint hatte, dass Catherine lebte, tröstete ihn doch. Ganz vergeblich war dieser Besuch also nicht gewesen. Wenigstens konnte er sich jetzt wieder Hoffnungen machen.

Kapitel 7

„Du glaubst also, es könnte sein, dass die Tote nicht Catherine Lohmann ist?", stöhnte Heiri Scherrer, Vorgesetzter von Andersen.

„Aufgrund der Hinweise, die ich euch soeben geschildert habe, wäre das eine plausible Möglichkeit, ja!"

Andersen und die andern vom Dienst sassen im Sitzungszimmer. Bei der morgendlichen Besprechung wurden Neuigkeiten ausgetauscht und die erste oder zweite Tasse Kaffee geschlürft. Jeweils am Freitagmorgen fand die grosse Wochenbesprechung statt, eine Art Wochenrückblick. Andersen hatte den andern im Team von seinen Ermittlungen in den letzten Tagen und den neusten Ergebnissen erzählt.

„Wir müssen auf die DNA Analyse warten, die wird Klarheit bringen. Ich rechne damit, dass ich die Ergebnisse demnächst erhalten werde."

„Willst du Verstärkung für diesen Fall?", fragte Scherrer.

„Nein, bis jetzt komme ich gut zurecht mit der Hilfe von Antoinette. Leider gibt es nicht viele Verdächtige bis auf diesen Peter Richter, Frau Artho und Lilo Neumann. Und aufgrund der neuen Hinweise ist nicht mal sicher, ob jemand verdächtig ist. Falls es nicht Catherine ist, die im Hotel gefunden wurde, meine ich."

„Was ist mit diesem Obdachlosen, der die Tote anscheinend gesehen hat?"

„Ich werde diesem Hinweis natürlich nachgehen, sobald ich die Ergebnisse habe."

„Nun gut. Warten wir ab. Halte mich auf dem Laufenden!"

Die Sitzung war hiermit beendet.

„Hoffentlich haben wir die Ergebnisse bald", meinte Antoinette und ging nach draussen, um einen weiteren Becher Kaffee zu holen.

Wie auf Kommando trat Judith Rüegg ins Sitzungszimmer. „Hier, Kurt. Ich habe die Ergebnisse der DNA Analyse per Fax erhalten." Sie überreichte ihm das Papier und zwinkerte ihm zu.

Er zwinkerte zurück.

„Aber Hallo!" Scherrer puffte Andersen in die Rippen und lachte. „Die Kleine hat ein Auge auf dich geworfen, hab ich Recht?"

„Sie ist nett, ja. Aber mehr auch nicht", grinste Andersen.

„Na, jetzt bin ich aber mal gespannt", sagte Antoinette, die mit einem frischen Becher Kaffee zurückkam.

Andersen überflog das Geschriebene. „Ich habs geahnt!", rief er aufgeregt.

„Volltreffer also?", fragte seine Kollegin.

„Ja, Volltreffer! Hier haben wir es schwarz auf weiss! Die Probe der Toten und jene von Catherine Lohmann stimmen nicht überein. Die Tote ist nicht Catherine Lohmann!"

Er las den Bericht zu Ende. „Damit wird der Fall nicht einfacher!" Andersen überlegte. „Wobei es eigentlich nur eine einzige Möglichkeit gibt. Wenn eine Tote einer andern Frau zum verwechseln ähnlich sieht, muss es sich um eine Zwillingsschwester handeln."

„Sehe ich genauso. Bleibt nur die Frage, wo denn Catherine Lohmann sich aufhält" Antoinette nahm einen
Schluck aus ihrem Kaffeebecher.

„Ja, das ist eine gute Frage! Da bin ich mal gespannt,
was Christian Falk zu dieser Neuigkeit meint. Es erstaunt
mich sehr, dass er nicht selber auf diese Idee gekommen
ist. Catherine wird ihm ja kaum verschwiegen haben, dass
eine Zwillingsschwester existiert!"

„Ich bin ganz sicher! Catherine hat mir nie von einer
Zwillingsschwester erzählt. Sie war ein Einzelkind. Sie hat
nie etwas anderes gesagt. Ich verstehe das nicht. Sie muss
selber nicht gewusst haben, dass sie eine Schwester hat",
überlegte Christian.

„Sie verstehen, dass das ziemlich unglaubwürdig
klingt?" Andersen hatte Christian aufgrund der Neuigkeit
angerufen. Dieser hatte lange geschwiegen, als er die
Nachricht vernommen hatte, dass die Tote nicht Catherine war.

„Ja, das kann ich verstehen, aber ich hatte wirklich keine Ahnung, das müssen Sie mir glauben!"

„Sind die Eltern von Frau Lohmann schon in der
Stadt?", fragte Andersen.

„Sie sind heute Morgen eingetroffen, ja."

„Wenigstens die Mutter müsste ja wissen, dass es eine
zweite Tochter gibt, nehme ich an?", fragte Andersen und
klang dabei etwas sarkastisch.

„Nicht unbedingt. Catherines leibliche Mutter ist gestorben, als Catherine zwei Jahre alt war."

„Dann gibt's aber noch einen leiblichen Vater?"

„Ja, den gibt's!" Christian klang etwas gereizt.

„Na, dann bin ich mal gespannt, was die beiden zu

erzählen haben. Ich schlage vor, dass sie alle drei heute Nachmittag bei mir im Präsidium vorbeikommen. Sagen wir um halb eins. Ist das in Ordnung für Sie?"

„Ja, natürlich!", antwortete Christian Falk schnell. „Und was ist mit Catherine? Wenn sie noch lebt, müssen wir sie suchen!"

„Ich habe bereits eine Vermisstenanzeige aufgeben und somit sind alle Polizeiwachen verständigt. Alles Weitere besprechen wir heute Nachmittag."

Die Eltern von Catherine glichen einem Häufchen Elend. Christian sah auch nicht viel besser aus, als er mit den beiden das Zimmer betrat. Herr und Frau Lohmann waren beide wohl um die fünfzig Jahre alt und schienen noch gut in Form zu sein. Frau Lohmann trug einen hübschen dunkelblauen Anzug, der wunderbar zu ihrem silbrigen Haar passte.

Andersen bot den dreien etwas zu Trinken an, doch sie lehnten ab und setzten sich an den Tisch im Besprechungszimmer. „Da könnte man auch mal ein paar freundlichere Bilder aufhängen", dachte Andersen. Seit dem Besuch in Christians Wohnung sah er überall Verbesserungsvorschläge, was die Gemütlichkeit von Räumlichkeiten anbelangte. Aber deswegen waren sie jetzt nicht hier.

Er räusperte sich. „Also, gemäss dem Bericht der DNA-Probe ist die Tote nicht Catherine Lohmann, sondern eine sehende Person, die ihr sehr ähnlich sah. Der Verdacht liegt nahe, dass es sich um ihre Zwillingsschwester handelt. Seltsamerweise weiss niemand etwas von einer solchen Schwester." Andersen sah Catherines Eltern an.

Frau Lohmann machte einen verwirrten Eindruck und Herr Lohmann schaute zu Boden.

„Herr Lohmann?", fragte Andersen behutsam.

„Ja, es stimmt. Catherine hatte eine Zwillingsschwester. Wir haben sie zur Adoption freigegeben, gleich nach der Geburt."

„Aber warum denn das?", rief seine Frau. „Um Himmels Willen Thomas, warum hast du mir nie etwas davon erzählt?"

Es sprudelte aus Herr Lohmann heraus, als würde ein Damm brechen und die lange angestauten Gefühle endlich fliessen. „Es war eine Notlage. Als meine erste Frau, Ruth, mit Catherine und Susanne schwanger war, erfuhr sie, dass sie Krebs hatte. Die Ärzte sprachen davon, dass sie keine Chance haben würde. Wir wussten, dass sie wahrscheinlich nicht mehr lange zu leben hätte. Ich war damals sehr jung, ich geriet in Panik, als ich erfuhr, dass sie Zwillinge bekam. Wir entschieden uns dafür, dass wir ein Kind behalten wollte, und das andere... eben, sie wissen ja. Meine Frau tat sich unheimlich schwer mit diesem Gedanken, es ist meine Schuld. Ich habe sie dazu gedrängt. Sie hat sehr gelitten. Ich fühlte mich total überfordert mit dem Gedanken, zwei Kinder alleine aufziehen zu müssen. Ich wusste ja nicht, dass ich kurz darauf wieder eine Frau kennenlernen würde." Er sah zu seiner Frau hin.

Diese aber starrte ihren Mann nur verwirrt an.

„Schlussendlich hat sie eingewilligt. Mir zuliebe."

„Oh Gott", flüsterte Christian. Es war still im Raum. Einen Moment lang wagte niemand etwas zu sagen.

„Im Nachhinein war mir bewusst, dass es ein grosser Fehler war. Sobald ich meine jetzige Frau kennengelernt hatte, wusste ich, dass es die falsche Entscheidung war. Aber da war es schon zu spät. Also um genau zu sein, es war so oder so eine falsche Entscheidung." Herr Lohmann sass regungslos auf seinem Stuhl.

„Sie haben ihr den Namen Susanne gegeben?", fragte Andersen.

„Ja. Meine Frau bestand darauf, dass wir ihr wenigstens einen Namen geben. Ich weiss natürlich nicht, ob ihre Adoptiveltern diesen beibehalten haben."

„Haben Sie Catherine oder sonst jemandem von Susanne erzählt?", fragte Andersen.

„Nein, ich habe nie mit jemandem darüber gesprochen. Ich habe mich geschämt und tue es heute noch."

Andersen spürte, dass diese Worte ehrlich gemeint waren.

„Wissen Sie, wo Susanne nach der Adoption gelebt hat?"

„Nein, die Behörden geben einem keine Auskunft, wenn man ein Kind freigibt."

Andersen nickte.

„Es ist also wahrscheinlich, dass die Tote die Zwillingsschwester von Catherine Lohmann ist", fasste Andersen zusammen.

„Beweisen können wir es nicht, da wir momentan noch keine Angaben über diese Frau haben. Ich werde mich darum kümmern. Offen ist auch die Frage, wo Catherine ist. Sie wurde seit besagtem Donnerstagabend nicht mehr gesehen."

„Doch! Sie wurde gesehen!", fuhr Christian dazwischen. „Von Arthur, dem Obdachlosen im Park."

Andersen nickte erneut. „Ich werde mit ihm sprechen. Danke, das ist soweit alles. Danke, dass Sie gekommen sind. Falls Sie noch irgendetwas wissen möchten oder brauchen, melden Sie sich bitte hier im Präsidium." Er verabschiedete sich von Herrn und Frau Lohmann und bat Christian um einen Spaziergang in den Park.

Dann bat er Antoinette, sich zu informieren, ob sie irgendwas über die Zwillingsschwester von Catherine in Erfahrung bringen könnte.

Arthur winkte schon von weitem, als er Christian kommen sah. „Hallo Doc", begrüsste er Christian begeistert.

„Hallo Arthur. Das ist Kommissar Andersen", stellte ihn Christian vor.

„Dürfen wir uns zu Ihnen setzen?", fragte Andersen.

„Klar doch. Willkommen in meinem Zuhause." Arthur zeigte mit der Hand auf die Plätze neben ihm auf der Parkbank. „Bald wird es regnen." Er zeigte zum Himmel, wo sich tatsächlich einige Wolken am Zusammenbrauen waren. Er schien überhaupt nicht beunruhigt zu sein, dass die Polizei etwas von ihm wollte. Christian und Andersen setzten sich.

„Wo gehen Sie hin, wenn es regnet?", fragte Andersen.

„Ach, es hat diverse Unterstände hier. Oder ich habe einen Schirm in der Tasche. Ich finde immer eine Lösung."

„Aha, ja, also. Warum wir hier sind: Sie haben Herrn Falk gegenüber geäussert, dass Sie am letzten Donnerstagabend eine Frau hier im Park gesehen haben, die der Frau auf dem Foto in der Zeitung gleicht. Ist das richtig?"

„Ja, genau. Dort drüben auf dem Weg, dort ist sie entlanggeeilt. Mit einem Koffer."

„Um welche Zeit war das ungefähr?"

„Oh Mann, da fragen Sie mich was. Ich hab keine Uhr

dabei. Aber warten Sie! Wahrscheinlich war es so nach sieben Uhr abends. Ich sage das, weil der Kiosk um sieben Uhr schliesst. Und es war kurz danach."

„Könnte es nicht später gewesen sein?", fragte Andersen.

Arthur machte ein beleidigtes Gesicht. „Nein, ich denke nicht!"

Wie wenn der Himmel seine Aussage unterstützen wollte, war ein Donnerrollen zu hören. „Ich sage ja, es beginnt gleich zu regnen."

Aber es begann nicht zu regnen und so fuhr Andersen mit seinen Fragen fort. „Warum glauben Sie, dass es genau diese Frau aus der Zeitung war?"

„Wissen Sie, ich sitze hier den ganzen Tag mehr oder weniger auf dieser Bank und ein Hobby von mir ist es, Leute zu beobachten. Ich habe Zeit dafür. Ich bin ziemlich gut darin, mir Gesichter zu merken. Wenn ich mal ein Gesicht eingeprägt habe, dann erkenne ich es immer wieder. Ich kann es Ihnen nicht beweisen, aber ich bin mir sicher, dass es die Frau war."

„Na gut. Können Sie sich daran erinnern, was sie für Kleider getragen hat?"

„Ein dunkelblaues Kleid."

„Haben Sie die Frau in der Zwischenzeit nochmals gesehen?"

„Nein, ich habe meine Augen immer ganz weit offen gehabt, aber sie kam nicht wieder." Es klang, als wäre er Schuld an diesen Umständen.

Nun fielen die ersten Tropfen.

„Okay, ich denke, das wärs fürs Erste. Vielen Dank für Ihre Auskünfte. Sie haben uns sehr geholfen."

„Kein Problem."

Andersen kramte in seiner Tasche und nahm aus seinem Geldbeutel einen Schein. „Hier. Das ist Ihr Auskunftshonorar. Setzen Sie sich in ein Restaurant und genehmigen Sie sich ein hübsches Mittagessen bei diesem Wetter"

Arthur strahlte. „Hey, das ist echt nett von Ihnen. Danke."

„Gern geschehen. Einen schönen Tag. Auf Wiedersehen." Sie erhoben sich und machten sich auf den Weg durch den Park.

Andersen fragte Christian: „Haben Sie zufällig ein Foto von Catherine dabei?"

„Ja, ich hab immer eins bei mir. Was wollen Sie damit?"

„Ich denke, ich statte dem hübschen Hotel „Zum goldenen Schlüssel" nochmals einen Besuch ab. Mal sehen, ob sich dort zufällig jemand an ein Zwillingsgeschwisterpaar erinnert. Aber noch eine andere Frage. Haben Sie irgendeine Ahnung, wo sich Ihre Verlobte aufhalten könnte? Wo würde sie hingehen, wenn Sie sich irgendwo verstecken müsste?"

„Verstecken? Was meinen Sie damit?" Christian begriff, dass das eine blöde Frage war. „Schon klar."

„Überlegen Sie mal. In einem Hotel findet man eine Tote. Man findet heraus, dass eine Zwillingsschwester existieren muss. Ich gehe schwer davon aus, dass Catherine die unbekannte Frau war, die mit ihrer Schwester aufs Zimmer gegangen ist, weil die Tote die Kleider von Catherine getragen hat. Oder wie sonst kommen die Kleider an die Tote?"

„Mit andern Worten, Sie verdächtigen Catherine des Mordes an Ihrer Zwillingsschwester", bemerkte Christian trocken.

„Also, ausgeschlossen ist es nicht, das müssen Sie zugeben. Auch wenn ich verstehe, dass Ihnen dieser Gedanke sehr gegen den Strich geht. Vielleicht wollte sie den Mord tarnen, indem sie der Toten ihre Kleider anzog und selber flüchtete. Da niemand von der Bekanntschaft zu ihrer Schwester wusste, lag es auf der Hand, dass jedermann glauben würde, dass sie selber die Tote sei. So bekam sie einen Vorsprung für die Flucht."

Christian hatte Mühe, diesem Monolog zu folgen.

„Was dieser Theorie widerspricht, ist die Tatsache, dass Catherine nach sieben Uhr im Park gesehen wurde, natürlich nicht in ihren eigenen Kleidern sondern in jenen der Schwester. Der Tod ihrer Schwester trat gemäss Aussage des Arztes nach acht Uhr abends ein. Das ergibt eine Ungereimtheit, welche ich noch zu klären habe."

Christian dachte nach. Er sah sehr elend aus. Wie ein Blitz durchfuhr der Gedanke seinen Kopf. Wahrsagerin. Westen der Schweiz! Sein Ferienhaus. „Das könnte es sein", murmelte er und hätte sich im selben Moment ohrfeigen können. Er hatte soeben vielleicht Catherine der Polizei ausgeliefert. Aber es war zu spät.

„Was könnte sein?", fragte Andersen verwundert. „Ach nichts. Das war nur so ein Gedankenblitz", versuchte er sich aus seiner eigenen Grube zu befreien.

Andersen sah ihn eindringlich an. „Was für ein Gedankenblitz?"

„Es ist etwas Privates, ich möchte lieber nicht darüber reden."

„Herr Dr. Falk. Es geht hier um einen Mordfall. Ich hoffe, Sie verstehen, wie wichtig es ist, dass Sie uns helfen!"

„Natürlich. Es tut mir leid, aber in diesem Fall ist es

wirklich privat."

Christian machte sich auf den Weg nach Hause um ein paar Sachen zusammenzupacken. Der Gedanke, dass er Catherine vielleicht bald wieder sehen würde, erhellte sein Herz. Dem schwarzen Loch, welches in den letzten Tagen den Platz seines Herzens ausgefüllt hatte, wurde neues Leben eingehaucht. Zugleich taten sich tiefe Zweifel in ihm auf. Was war los? War Catherine wirklich eine Mörderin? Er konnte es sich beim besten Willen einfach nicht vorstellen. Wenn er sie doch nur fragen könnte!

Plötzlich kam ihm eine Idee. Er wählte die Nummer von Catherines Handy. „Im Moment ist niemand erreichbar, bitte rufen Sie später an." „Naja, ein Versuch wars wert. Ich muss sie finden. Es geht nicht anders, ich muss in die Westschweiz." Er machte kehrt. Er wollte nicht alleine fahren.

„Das wäre schon möglich", meinte Frau Schmid im Hotel zum goldenen Schlüssel, während sie sich das Foto besah und eine blonde Haarsträne hinters Ohr strich. „Wie schon gesagt, ich kann mich nicht richtig an die unbekannte Frau erinnern, aber es wäre denkbar."

„Ist es nicht auffällig, wenn zwei praktisch identische Frauen vor einem stehen?", versuchte Andersen sein Glück erneut.

„Die eine Frau hatte einen grossen Hut auf", entschuldigte sich Frau Schmid. „Es ist mir wirklich nicht aufgefallen."

„Entschuldigen Sie." Ein Herr mittleren Alters trat dazu. Er machte einen sehr gepflegten Eindruck mit seiner Krawatte und dem Anzug. Andersen tippte auf Bankangestellten. „Sind Sie von der Polizei?", fragte der Unbekannte.

„Ja, Kurt Andersen mein Name."

„Ermitteln Sie in diesem Mordfall?"

Andersen nickte.

„Bruhin. Eigentlich hätte ich mich schon längst melden wollen, ich weiss es schon, aber ich habe gezögert. Wissen Sie, meine Frau sollte nicht wissen, dass ich ab und zu hier bin und wenn ich da zu sehr in die Sache reingezogen werde..."

Andersen wartete, bis der Mann weitersprach.

„Naja, auf jeden Fall, am Tag des Mordes war ich zufällig auch hier, ich war im Zimmer nebenan."

Andersen konnte sein Glück kaum fassen!

„Es war so um halb sieben. Ich hörte sie streiten. Es waren zwei Frauenstimmen. Ich konnte nicht verstehen, worum es ging, aber es klang ziemlich heftig. Ich kann mich nur an die Wörter „Familie", „ungerecht" erinnern."

„Haben Sie sonst etwas gehört?"

„Äh, Sie müssen entschuldigen. Kurz danach kam mein äh...Besuch und äh... ich war dann beschäftigt. Dann habe ich mich überhaupt nicht mehr darauf konzentriert. Etwa um neun Uhr habe ich das Hotel verlassen." Sein Kopf bekam die Farbe einer Tomate.

Andersen erlöste ihn, notierte sich die Personalien und gab ihm seine Karte. Für den Fall, dass ihm noch etwas einfallen würde. Daraufhin rief er Antoinette an und teile ihr die Neuigkeiten mit.

„In der Schweiz gibt es keine Susanne Lohmann, die unsere Person sein könnte. Aber sehr wahrscheinlich hat sie sowieso einen andern Namen. Die Adoptiveltern können ihr einen neuen Vornamen gegeben haben, der Nachname wird wohl nicht mehr der selbe sein. Ich bleibe daran. Ich versuche gerade, den netten Herrn der zuständigen Stelle zu erreichen, welcher mir zur damaligen Adoption einige Auskünfte geben könnte. Aber diese Stellen sind furchtbar umständlich. Ich hoffe, dass wir Catherine bald finden. Bestimmt weiss sie mehr zu dieser ganzen Geschichte. Falls sie noch am Leben ist." Sie machte eine Pause. „Bleibt es dabei? Heute um acht Uhr?"

„Aber selbstverständlich!", versicherte ihr Andersen. Er fragte sich, ob sein Kopf auch so rot war wie vorhin jener von Herrn Bruhin. Er hoffte nicht und hoffte vor allem, dass er sich heute Abend nicht blamieren würde. Er sah auf die Uhr. Beinahe sechs Uhr. Zeit, für einen grösseren Einkauf. Das war mal etwas Neues in seinem Leben.

Die Pfannen hatten tatsächlich einige Tropfen Wasser nötig, bevor er sie brauchen konnte. Fröhlich summend rührte er in den Töpfen. Das Rezept von Christian war eine ausgezeichnete Idee. Es roch köstlich! Wann hatte er das letzte Mal in dieser Wohnung vor sich hingesummt? Wahrscheinlich noch nie, oder er konnte sich nicht daran erinnern. War ja auch egal, Hauptsache, heute ging es ihm gut. Nicht nur gut, er fühlte sich ausgezeichnet. In ein paar Minuten würde die Uhr acht Uhr schlagen und dann würde es hoffentlich an der Tür klingeln.

Dem war auch so. Antoinette sah bezaubernd aus. Sie trug ein hellblaues Kleid, die Haare hochgesteckt. „Oh, das riecht aber sehr gut. Wenn das Essen so gut ist, wie es riecht, komme ich gerne wieder mal."

Andersen freute sich über dieses Kompliment und

hoffte einerseits, dass Antoinette nicht nur das Essen toll fand und andererseits, von Christian noch weitere Rezepte zu erhalten. Er führte sie ins Wohnzimmer.

„Ah, hier sind deine Mitbewohner!" rief Antoinette und meinte damit die Goldfische im Aquarium. „Wer von euch ist Anton?", fragte sie die Fische.

„Jener, der dich zuerst begrüssen wird", meinte Andersen lachend.

Tatsächlich zeigte sich einer der Fische neugieriger als die andern und beäugte Antoinette durchs Glas.

„Setz dich doch hier an den Tisch. Ich bin gleich bei dir. Das Essen ist fast fertig."

„Wunderbar", meinte Antionette und setzte sich an den Esstisch im Wohnzimmer. Dieser war liebevoll gedeckt.

Andersens Stimmung verwandelte sich während des Essens von nervös zu gelassen. Antoinette lobte seine Kochkünste, worauf er schwor, sich in Zukunft in dieser Kunst etwas zu üben. Mittlerweile waren sie bei Kaffee und Kuchen angekommen.

Eigentlich hatten sie eine Abmachung getroffen, nicht über den Fall zu sprechen. Aber zu leugnen, dass die Sache sie beide beschäftigte, war auch nicht richtig. Andersen erzählte Antoinette von seinem letzten Gespräch mit Christian. „Dr. Falk weiss etwas. Da bin ich ganz sicher. Er verheimlicht uns etwas."

„Seine Reaktion war schon seltsam, ja. Meinst du, es ist nötig, dass wir ihn beobachten?"

„Ich werde morgen nochmals mit ihm sprechen. Ich glaube, es geht darum, dass er etwas weiss, was seine Verlobte belasten könnte. "

„Das würde bedeuten, dass er selber nicht daran glaubt, dass sie unschuldig ist."

„Ja, das würde es bedeuten. Weshalb sonst müsste er sie schützen?" Andersen nickte nachdenklich.

„Vielleicht hat er auch eine Ahnung, wo sie ist und möchte zuerst mit ihr alleine sprechen und sie nicht gleich der Polizei ausliefern", bemerkte Antoinette.

Andersen lächelte. „Ja, das wäre auch möglich. Ich schätze Christian eigentlich nicht als einen Menschen ein, der uns die Hilfe grundsätzlich verweigern möchte. Ich glaube, er hat ein ehrliches Interesse daran, seine Verlobte zu finden. Hast du eigentlich noch etwas herausgefunden über die Tote?"

„Nein, leider nicht. Ich habe den zuständigen Herrn noch nicht sprechen können, anscheinend müssen die selber in ihren Akten grübeln. Und nun Themawechsel! Ich besuche morgen meine Mutter. Sie wohnt in Bern."

Antoinette erzählte ihm von seiner Mutter, welche alleine in einem grossen Haus lebte.

Schlussendlich fragte Andersen: „Möchtest du nochmals ein Stück Kuchen?"

„Ui, nein danke. Ich platze beinahe!"

Andersen platzte auch beinahe, aber nicht, weil er zuviel gegessen hatte, sondern, weil er sich so glücklich fühlte. Er hätte alles gegeben um zu erfahren, ob Antoinette ebenso dachte. „Wollen wir einen kurzen Spaziergang machen?", schlug er vor.

„Das ist eine gute Idee. Nach dem Essen sollst du ruhn, oder tausend Schritte tun. So heisst es doch, oder?"

„Möglich."

Sie liessen das Geschirr stehen, der Abwasch konnte warten.

Die Nacht war mild, aber der Himmel ein wenig bedeckt, so dass kein Mond zu sehen war. Die Strassenlaternen erhellten den Weg am Fluss entlang. Hier und dort sassen Pärchen auf einer Bank und genossen nicht nur die laue Sommernacht.

Wie selbstverständlich nahm Andersen die Hand von Antoinette. Sie lächelte.

Das Licht der Laternen glitzerte im Wasser des Flusses. Antoinette blieb stehen, lehnte sich ans Geländer und zeigte hinunter. „Schau, dort. Dieser Schwan. Ein herrlich stolzes Tier, nicht?"

Andersen gab keine Antwort, sondern legte den Arm um sie und zog sie an sich. Sanft küsste er sie. Ihre Lippen waren warm und sanft.

„Lass uns nach Hause gehen", flüsterte sie.

Kapitel 8

Andersen war in Gedanken versunken. Mehrere Male hatte er versucht, Christian telefonisch zu erreichen. Sein Handy war ausgeschaltet. Er hatte um einen Rückruf gebeten, aber noch kein Lebenszeichen erhalten.

So hatte er ihn in seiner Wohnung aufgesucht. Aber auch dort fand er ihn nicht, Christian hatte auf sein Klingeln nicht reagiert. „Da stimmt etwas nicht! Diese Sache stinkt gewaltig", fluchte er leise. Andererseits war es Samstagmorgen und Christian wollte vielleicht einfach nur ausschlafen. Woher kam seine Ungeduld? Sein schlechtes Gefühl? Jetzt war es beinahe zehn Uhr vormittags und in Anbetracht des seltsamen Gespräches gestern machte sich Andersen wirklich Sorgen. Hatte Christian doch eine Vermutung, wo sich Catherine aufhielt? War er auf dem Weg zu ihr? War er doch nicht so unschuldig, wie er sich ausgab? Was wusste er?

Was spielte dieser seltsame Vogel, dieser Obdachlose, für eine Rolle in dieser Geschichte?

Das Klingeln seines Telefons riss ihn aus seinen Gedanken. Leider war es nicht Christian. Es war eine Angestellte der Bibliothek, in welcher Catherine arbeitete.

„Herr Andersen, Pet Richter ist heute nicht zur Arbeit erschienen. Normalerweise meldet er umgehend, wenn er krank ist. Heute ist zwar Samstag, aber ich mache mir trotzdem Sorgen."

Andersen stöhnte leise. Jetzt gab es also schon zwei

Vermisste oder scheinbar Vermisste. Gab es da einen Zusammenhang? Steckten sie vielleicht sogar unter einer Decke? „Ich werde mich der Sache annehmen. Haben Sie mir bitte seine Adresse?"

Die Dame gab ihm die Anschrift und Andersen machte sich auf den Weg. Es war nicht weit. Ein Gewitter von heute Nacht hatte die Luft gereinigt und es war angenehm, noch nicht zu heiss. Was sich aber im Verlauf des Tages ändern konnte, wie er aus Erfahrung der letzten Tage wusste.

Pet Richter wohnte in einem Mehrfamilienhaus, wahrscheinlich waren es Mietwohnungen. Das Haus machte einen etwas verwahrlosten Eindruck, er vermutete, dass die Wohnungen nicht besonders teuer waren.

Er fand den Namen „Richter" und klingelte. Keine Reaktion. Die Eingangstüre stand offen, so stieg er die Treppe hinauf. Es roch moderig im Treppenhaus. Pet Richter wohnte im zweiten Stock.

Wieder klingelte er, aber niemand öffnete. Er horchte an der Türe, hörte aber nichts. Vorsichtig drückte er die Türklinke nieder, die Tür war verschlossen.

Er klingelte bei der Wohnung nebenan, worauf eine ältere Frau vorsichtig öffnete. Er hielt den Polizeiausweis in die Höhe und fragte, ob sie wisse, wer der Hausmeister sei.

„Ja, das ist Herr Huber im Parterre. Was ist denn passiert? Vielleicht kann ich Ihnen helfen." Die Dame wurde neugierig und öffnete die Türe nun ganz.

„Es geht um Herrn Richter. Wissen Sie, ob er zuhause ist?"

„Herr Richter", krächzte die alte Frau, „das ist ein liebenswürdiger Nachbar. Manchmal bringt er mir was vom Einkaufen mit."

„Haben Sie ihn heute Morgen gesehen?"

„Nein, ich gehe nicht so früh aus dem Haus wie die jungen Leute."

„Vielen Dank. Einen schönen Tag noch."

Herr Huber im Parterre öffnete die Tür auch nicht.

„Er ist im Garten und mäht den Rasen!", verkündete eine Frau mit einem Kleinkind auf dem Arm. „Wenn Sie ums Haus herumgehen, finden Sie ihn bestimmt."

Andersen hörte den Rasenmäher schon von weitem.

Herr Huber stellte den Motor ab und wischte sich die Hände an seiner Hose sauber.

„Andersen, Kriminalpolizei. Sind Sie Herr Huber?"

„Ja, der bin ich. Wie kann ich Ihnen helfen?"

Andersen wusste, dass er sich mit dem Eindringen in Richters Wohnung ohne Durchsuchungsbefehl auf dünne Äste herauswagte. Trotzdem wollte er es wagen.

„Es geht um Herrn Richter. Er ist heute nicht zur Arbeit erschienen und ich wollte nachsehen, ob alles in Ordnung ist."

„Aha, und da kommt gleich die Kriminalpolizei?"

Andersen ging nicht auf die Frage ein. „Haben Sie einen Schlüssel zur Wohnung von Herrn Richter?"

„Ja, ich hab einen. Kommen Sie bitte mit."

Seine Wohnung war sauber und aufgeräumt, wie Andersen beim Eintreten feststellte.

„Hallo! Herr Richter?"

„Vielleicht ist er einfach nur kurz weg", vermutete Herr Huber.

„Möglich. Ich möchte mich trotzdem kurz umsehen."

Das Wohnzimmer war leer. Ebenso das Bad. Die Tür zum Schlafzimmer stand halb offen. Darin war es dunkel.

Andersen schaltete das Licht ein, das Bett war noch zerwühlt. Sein Blick fiel auf die Wand am hinteren Ende des Zimmers. „Was ist denn das? Das darf doch nicht wahr sein!"

Er trat näher. An der Wand hingen Bilder einer Frau. Es waren Bilder von Catherine Lohmann. „Zum Kuckuck, woher hat er die?"

„Vielleicht ist das seine Freundin", meinte der Abwart.

Anscheinend las er keine Zeitung.

An der Wand fand Andersen einen kleinen Tisch mit einem schwarzen Tischtuch. Darauf standen Bilder von Catherine in silbernen Rahmen, rote Kerzen, welche zum Teil halb abgebrannt waren und viele ausgeschnittene Herzen aus Papier.

„Nein, das ist nicht seine Freundin."

„Nein? Oh... das ist ja richtig gruselig!"

„Allerdings." Andersen fand das auch. Er hatte ja gewusst, dass Richter auf Catherine stand. Aber dass er sie so vergötterte, dass er ihr eine Art Altar weihte, das war, wie Herr Huber gesagt hatte, gruselig.

In diesem Moment fragte er sich, ob Richter wirklich so harmlos war, wie er den Eindruck machte. Solche Menschen waren häufig psychopathisch und damit gefährlich. Und Richter war verschwunden.

Er musste sofort Antoinette informieren! Sie hatte zwar einen privaten Termin in Bern, aber er musste sie unbedingt informieren. Musste er wirklich? War es nicht eher ein Vorwand, ihre Stimme zu hören. Ach herrje. Er fühlte sich verwirrt. Er nahm sein Handy. Antoinette meldete sich zum Glück sofort und er erzählte ihr die Neuigkeiten.

„Was tun Sie da!"

Andersen und Herr Huber fuhren herum. Sie hatten beide nicht mitbekommen, dass jemand die Wohnung betreten hatte. Es war die ältere Frau von nebenan. Sie schwang ihren Gehstock und blieb abrupt stehen, als sie Andersen wieder erkannte. „Ach, Sie sind es. Ich dachte schon, da wären Einbrecher in der Wohnung von Herrn Richter."

„Sie sind ganz schön mutig für Ihr Alter.", bemerkte Andersen.

„Ach nein. Wissen Sie, in meinem Alter ist das Leben manchmal ziemlich langweilig." Die Dame machte kehrt. „Ja, also, dann gehe ich jetzt wieder in meine Wohnung. Auf Wiedersehen."

Herr Huber lächelte. „Sie war schon immer so. Sie sieht und hört fast nichts mehr, aber ihre Nase steckt sie überall rein. Wie sie soeben gesehen haben, hätte ein Einbrecher in diesem Haus keine Chance. Im Grunde ist sie eine liebe Frau, vielleicht ein wenig einsam."

„Einsam. Das waren nicht nur die älteren Leute", dachte Andersen.

„Haben Sie diese Frau jemals bei Herrn Richter gesehen?", fragte Andersen und zeigte auf das Bild.

„Oh, ich kontrolliere hier nicht, wer ein und aus geht." Der gute Mann bekam einen roten Kopf.

„Das war nicht meine Frage."

„Ja, schon gut! Nein, ich habe diese Frau noch nie gesehen."

„Würden Sie mich bitte informieren, wenn Sie Herrn Richter antreffen?"

„Ja, selbstverständlich. Was hat er denn angestellt?"

„Da darf ich Ihnen leider keine weiteren Auskünfte erteilen."

„Ja, klar. Ich hoffe, es ist nichts Schlimmes. Ich bin etwas beunruhigt."

„Das kann ich verstehen. Ich glaube aber nicht, dass für Sie oder jemand anders in diesem Haus eine Gefahr besteht."

Herr Huber schien ein wenig beruhigt.

Im Gegensatz zu ihm selber. Pet Richter war nicht nur der „nette Nachbar", in diesem Mann steckten dunkle Seiten. Wie gefährlich sie waren, konnte er nicht beurteilen. Er hoffte nur, dass sich seine schlimmsten Befürchtungen nicht bewahrheiten würden. Er musste Christian finden. Womöglich befanden er und Catherine sich in grosser Gefahr. Er hinterliess eine weitere Mitteilung auf Christians Combox mit der Bitte um einen dringenden Rückruf.

Dann telefonierte er mit der Bibliothek und bat um die Handynummer von Pet Richter. Auch wenn die Chance klein war, er stufte Peter Richter als intelligent ein, vielleicht konnten sie ihn über sein Handy orten.

Dann wählte er die Nummer von Antoinette. Er brauchte eine Aufmunterung.

„Äh, ich muss mal aufs Klo." Arthur verzog das Gesicht.

„Kannst du noch zehn Minuten warten? Es geht nicht mehr lange, bis wir im Haus sind.", gab Christian etwas gereizt zur Antwort.

„Klar." Arthur lehnte sich in seinem Sitz zurück und schloss die Augen, um sie ein paar Sekunden später wieder zu öffnen. „Hey, das ist wirklich sehr nett, dass ich mitkommen kann."

„Das hast du heute schon sicher zehn Mal gesagt.", lachte Christian.

„Ich könnte es tausend Mal sagen. Ich war seit Jahren nicht mehr wirklich weg von dieser Parkbank. Es ist super hier. Wirklich eine schöne Gegend."

„Leider sind wir ja nicht hier, um Ferien zu machen, aber die Landschaft zu geniessen, ist sicher nicht verboten", meinte Christian etwas trocken. Er war sich mittlerweile nicht mehr sicher, ob es eine gute Idee war, Arthur mitgenommen zu haben. Er schien den Ernst der Situation nicht einschätzen zu können.

Er hatte Arthur eine Freude machen wollen, auch als Dank für seine bisherige Hilfe. Dieser war ihm beinahe um den Hals gefallen, als er ihm die Einladung überbrachte. „In die Westschweiz? Ja klar, will ich mitkommen! Danke Doc!"

Christian erinnerte sich an das Gespräch im Restaurant. Arthur hatte ihm Dinge gesagt, über die er sich noch niemals Gedanken gemacht hatte. War er an seine Grenzen gestossen in den letzten Tagen? Er wusste es nicht. Anscheinend nicht. Denn hätte er es getan, wüsste er es wahrscheinlich. Was musste passieren, damit man an diese Grenze stösst? Genügte es nicht, jemanden, den man liebt, zu verlieren? „Wie fühlt es sich an, an dieser Grenze?", fragte er laut.

Arthur blickte ihn zuerst verwirrt an, doch schien dann zu verstehen. „Es ist ein sehr schlechtes und zugleich sehr gutes Gefühl."

Christian warf ihm einen irritierten Blick zu.

„Naja, du kommst ja nur an deine Grenzen, wenn du dich durch ein Extrem kämpfst. Das ist nicht lustig. Plötzlich kommst du an den Punkt, an dem du glaubst, dass es nicht mehr weitergeht. Und dann kommt das Licht."

„Das Licht?“

„Ja, es ist ein Gefühl der Befreiung. Eine Stärke, eine Kraft, oder auch die totale Ruhe.“

„Tönt irgendwie eher wie eine Nahtodeserfahrung“, meinte Christian.

„Ist es ja auch irgendwie“, gab Arthur zur Antwort.

„Was musste passieren, damit du diesen Zustand erlebt hast?“, frage Christian.

„Es war an jenem Abend, als ich alles verloren hatte. Meine Wohnung, meine Frau, meine Existenz. Ich lag auf einer Parkbank und war ausserdem auch noch krank. Nicht ernsthaft, es war kein Fieberwahn. Ich lag auf dieser Bank und hatte mit meinem Leben abgeschlossen. Ich habe alles aufgegeben. Auch innerlich, ich liess mich gehen. Und plötzlich war da diese Stärke, diese Ruhe. Sie hat mich gerettet.“

Christian atmete tief ein und wieder aus. „Das erinnert mich an etwas. Wenn du in einem Fluss in einen Strudel gerätst, nützt es nichts, wenn du kämpfst. Du hast nicht genug Kraft und wirst ertrinken. Du musst dich runterziehen lassen, bis du den Boden berührst und dann kannst du dich aus dem Strudel hinaus abstossen.“

„Ja, hat was“, meinte Arthur. „Manchmal muss man kämpfen, aber wenn die Kräfte zu stark sind, ist aufgeben lebensnotwendig.“

Sie schwiegen beide.

„Wir parkieren den Wagen am Besten etwas abseits und gehen zu Fuss zum Haus“, meinte Christian dann. Falls Catherine sich im Haus befand, wollte er zuerst alleine mit ihr sprechen. Arthur, du bleibst vorerst mal hier“, gab er das Programm bekannt.

Arthur machte überhaupt keinen glücklichen Eindruck.

„Warum denn?"

Christian beschloss, ihm die Wahrheit zu sagen. „Falls Catherine hier ist, möchte ich sie zuerst alleine sprechen."

„Okay." Das schien Arthur zu verstehen, aber dass es ihm nicht wohl war, war ihm deutlich anzusehen.

Christian überlegte. Vielleicht war Catherine nicht alleine im Haus. Vielleicht war es besser, wenn Arthur im Notfall die Polizei verständigen konnte. Aber wenn er sein Handy einschaltete, musste er damit rechnen, dass die Polizei sich meldete. Er schaltete das Telefon ein und sah, dass Andersen mehrmals versucht hatte, ihn zu erreichen. War etwas passiert? Was sollte er tun? Falls er sich meldete, musste er sagen, wo er sich befand. Andererseits hatte Andersen vielleicht dringende Neuigkeiten für ihn. Vielleicht war Catherine ja auch in Gefahr, vielleicht war es doch richtig, die Polizei einzuschalten. Ach Himmel, manchmal war das Leben doch schwierig! Kurzerhand wählte er die Nummer von Andersen.

„Wo zum Teufel stecken Sie?" Andersen klang wütend.

„Ich bin in der Westschweiz, in meinem Ferienhaus." Christian entschied sich für die Wahrheit.

„Und Sie glauben, dass sich Catherine dort befindet, nicht wahr? Das war dieser Gedankenblitz, den Sie gestern hatten."

„Ja", gab Christian zu. „Ich bin jetzt hier ein paar Meter von unserem Haus entfernt. Ich wollte zuerst mir ihr alleine sprechen, falls sie hier ist. Ich weiss ja auch nicht, was geschehen ist."

Andersen atmete schwer aus. „Ich glaube Ihnen. So etwas habe ich mir schon gedacht. Sie hätten uns einweihen sollen! Wissen Sie eigentlich, dass Sie in grosser Gefahr schweben können?"

Christian schwieg.

„Pet Richter ist verschwunden. Er hat in seiner Wohnung einen Altar eingerichtet, den er Catherine geweiht hat. Überall hängen Fotos von ihr. Dieser Pet ist nicht harmlos!"

„Oh mein Gott!", entfuhr es Christian.

Arthur blickte ihn erschrocken an.

„Ich werde vorsichtig sein", versprach er schliesslich. „Und ich habe Arthur bei mir."

„Arthur. Nein, das genügt nicht! Ich werde die dortige Polizeistelle einschalten. Bitte unternehmen Sie nichts auf eigene Faust. Haben Sie verstanden? Die Polizei wird sich bei Ihnen melden. Wie lautet die Adresse Ihres Ferienhauses?"

Christian gab ihm die Adresse bekannt.

Christian und Arthur sassen im Wagen und schwiegen. Nach zehn Minuten hielt es Christian nicht mehr aus. Die Polizei hatte sich noch nicht gemeldet. Er stieg aus dem Wagen. „Falls ich in einer halben Stunde nicht zurück bin, gehst du zu diesem Haus dort und verständigst die Polizei! 117 ist der Polizeinotruf", wies er Arthur an. „Das Handy brauche ich selber, falls die Polizei anruft."

„Oh Doc. Ich weiss nicht, ob das eine gute Idee ist!"

„Ich kann nicht länger warten. Du verständigst die Polizei, falls ich nach einer halben Stunde nicht zurück bin."

Der Weg zum Haus führte über einen Weg durch eine Wiese. Es stand im Abstand von etwa fünfzig Meter entfernt von andern Häusern im Grünen. „Meine Oase", dachte er. „Also, es ist Catherines und meine Oase", präzisierte er. Das Haus machte nicht den Anschein, als wenn jemand hier wäre oder gewesen wäre. Aber Catherine hielt sich wahrscheinlich ja auch verdeckt.

Er erreichte das Haus. Die Tür war verschlossen. Christian nahm den Schlüssel und schloss auf. Er trat direkt in ein geräumiges Wohnzimmer, welches aber leer und unbewohnt aussah. Christian war enttäuscht. Sein Handy klingelte. Er konnte keine Nummer erkennen, wahrscheinlich war es die Polizei. Er nahm den Anruf entgegen. „Falk"

Der Beamte hatte einen leicht französischen Akzent. „Kommisar Cattin. Guten Tag Herr Falk. Wir sind von einem Kollegen informiert worden über den Fall Ihrer Verlobten. Ich schlage vor, dass wir gemeinsam Ihr Ferienhaus, äh, wie sagt man, untersuchen."

„Ich bin bereits im Haus. Sie ist nicht hier", gab Christian etwas unwirsch zur Antwort.

„Trotzdem möchte ich vorbeikommen und die Sache mit Ihnen besprechen. Ich bin in etwa fünfzehn Minuten bei Ihnen. Ich möchte Sie bitten, im Haus nichts zu berühren."

Christian seufzte. „Einverstanden. Ich warte." Er wusste, dass es keinen Sinn hatte, mit dem Polizisten zu verhandeln. „Bis später, auf Wiederhören."

Vielleicht fand er im Schlafzimmer irgendwelche Anzeichen. Und tatsächlich, Christians Herz machte einen zusätzlichen Hüpfer. Das Bett war fein säuberlich gemacht, aber die Vorhänge verrieten, dass jemand hier gewesen sein musste! Als sie das Haus letztes Mal verlassen hatten, hatte Catherine die Vorhänge zugezogen gelassen, weil sie sie gewaschen hatte und sie trocknen sollten. Das war ihm noch glasklar in Erinnerung, denn er hatte sie noch gehänselt deswegen. Jemand war in diesem Zimmer gewesen. Das war klar! Denn jetzt waren die Vorhänge geöffnet. Sein Herz schlug wild. Er hoffte sehr, dass es Catherine war, welche hier im Zimmer gewesen war. Wollte sie ihm hiermit ein Zeichen geben? Sie musste wissen, dass er dieses unauffällige Zeichen verstehen würde. Angst überfiel ihn. Genauso gut könnte es jemand anders gewesen sein, der hier übernachtet hatte. Pet Richter. Aber der hätte wahrscheinlich die Vorhänge nicht geöffnet. Er hoffte, dass er mit dieser Annahme richtig lag. Vorsichtig untersuchte er jeden Raum des Hauses. Ohne etwas zu berühren, verstand sich.

Schlussendlich stand er in der Garage, aber auch diese zeigte keinerlei Spuren von Catherine. Er hörte einen Wagen vorfahren und trat aus der Garage. Ein Polizeibeamter kam ihm entgegen. „Guten Tag, wie ist ihr Name?", fragte er.

„Dr. Falk."

„Kommissar Cattin. Wir haben soeben telefoniert. Gehen wir ins Haus?"

„Im Haus ist niemand. Wenn es Ihnen Recht ist, muss ich kurz meinen Begleiter verständigen. Er wartet in meinem Wagen und wenn ich mich nicht melde, verständigt er die Polizei, was ja jetzt nicht mehr nötig ist." Christians Stimme klang leicht sarkastisch.

Der Beamte ging nicht darauf ein. „Ja, in Ordnung. Ich warte solange hier und sehe mich ein wenig um."

Von Arthur fehlte jede Spur, als Christian zum Auto kam. „Scheisse!", entfuhr es ihm. Das durfte doch nicht wahr sein! Was hatte das denn jetzt zu bedeuten? Die Türen des Wagens standen offen, Christian hatte ja auch den Wagenschlüssel mitgenommen, sie konnen demnach gar nicht verschlossen sein. Er rief Arthurs Namen, aber bekam keine Antwort. War er mehr als eine halbe Stunde weg gewesen und hatte Arthur vielleicht schon die Polizei verständigt? Aber nein, ein Blick auf die Uhr bestätigte ihm, dass er den Wagen erst vor zwanzig Minuten verlassen hatte. Oder war Arthur sonst etwas zugestossen?

Er lief zum Haus, in welchem Arthur im Notfall hätte telefonieren sollen. Er wollte gerade klingeln, als sich die Haustüre öffnete und Arthur heraustrat. „Ich habe doch gesagt, dass ich aufs Klo muss", sagte Arthur mit Hundeblick. „Ich habs da nicht mehr ausgehalten und hier gefragt, ob ich die Toilette benutzen dürfe."

„Und ich habe dir gesagt, dass du im Auto bleiben sollst! Das hier ist kein Ferienlager, sondern eine polizeiliche Ermittlung, verdammt noch mal!" Christians Stimme überschlug sich fast.

„Was hätte ich denn tun sollen?" Arthur hob die Hände in die Luft. „Sorry... Kommt nicht wieder vor, versprochen."

Christian hatte sich wieder etwas beruhigt. „Okay", meinte er versöhnlich und umarmte Arthur. Es war eine spontane Reaktion und er war selber etwas erschrocken über diese Handlung. Versöhnlich klopfte er Arthur auf den Rücken. Er war nebst dem Ärger froh, dass seinem Begleiter nichts zugestossen war. „Halte dich von jetzt an bitte an meine Anweisungen oder jene der Polizei."

„Versprochen! Aber ich habe etwas gesehen", flüsterte er. „Dort, hinter dem Haus steht ein Wagen mit einem Zürcher Kennzeichen. Ich hab es vom Klofenster aus gesehen."

„Wo genau? Zeig mir bitte die Stelle", sagte Christian aufgeregt.

„Das kann ein Zufall sein. Aber was, wenn der Wagen Pet Richter gehört?", flüsterte Arthur.

Christian wurde bleich.

Arthur führte ihn hinters Haus. „Oh Doc, du bist so nett. Ich hab das gar nicht verdient. Sorry, dass ich dir solche Umstände gemacht habe."

„Jetzt hör schon auf! Immerhin hast du diesen Wagen gesehen. Wo stand er denn?"

„Hier stand der Wagen." Arthur zeigte mit dem Finger auf einen kleinen Parkplatz. „Er ist nicht mehr da", sagte er enttäuscht.

„Er muss in der Zwischenzeit weggefahren sein." Auf dem harten Asphalt waren weder Reifenspuren noch sonstige Spuren auszumachen. „Fragen wir im Haus. Vielleicht weiss diese Frau, wem der Wagen gehört", schlug Christian vor.

Leider konnte ihnen die Frau nicht weiterhelfen. Sie hatte den Wagen nicht bemerkt. Das war auf jeden Fall das, was sie den beiden zur Auskunft gab. Etwas verunsichert gingen sie zurück zu ihrem Wagen und fuhren zum Ferienhaus.

Nachdem Christian Kommissar Cattin die Beobachtung mit dem Wagen erzählt hatte, telefonierte dieser mit Andersen und dieser versprach, sich sofort zu informieren, ob dieser Wagen Pet Richter gehörte. Leider konnte Arthur nicht viel mehr sagen als dass es ein silberner, mittelgrosser Wagen gewesen war.

Nachdem sie mit Kommissar Cattin das Haus nochmals gründlich unter die Lupe genommen, aber nichts gefunden hatten, schlug der Beamte ihnen vor, in einem Hotel zu übernachten. „Zu Ihrer Sicherheit", meinte er.

Christian sah ein, dass dieser Vorschlag durchaus vernünftig war und nahm sich vor, ein Zimmer zu buchen.

Der Beamte verabschiedete sich und hinterliess Christian seine Telefonnummer mit der Bitte, sich sofort zu melden, falls er etwas Auffälliges bemerken sollte.

Arthur wollte sich einen Moment hinlegen und Christian zeigte ihm das Gästezimmer. Ehrfürchtig setzte er sich aufs Bett und strich mit der Hand darüber, als sei es etwas Heiliges. „Oh Mann! Ich habe seit Ewigkeiten nicht mehr in einem solch schönen Bett geschlafen", strahlte Arthur. „Und ich habe ein Zimmer ganz alleine für mich." Er legte sich aufs Bett und verkündete, dass er ein wenig schlafen wolle. Er war solche Reisen nicht gewohnt.

„Mach das." Christian schloss die Tür, nahm eine ausgiebige Dusche und setzte sich frisch gekämmt aufs Sofa im Wohnzimmer. Es war später Nachmittag und er versuchte, für die Nacht ein Zimmer in einem nahe gelegenen Hotel zu finden. Dieses Unterfangen stellte sich aber als schwieriger heraus als angenommen. Er hatte weder Telefonbuch noch Internetanschluss im Haus. Allzu viele Zimmer gab es sowieso nicht in dieser Gegend. Viele private Leute vermieteten Zimmer. Er kontaktierte das Touristeninformationszentrum der Region und schrieb sich einige Nummern auf. Er blieb noch auf dem Sofa sitzen und starrte in den Kamin, in welchem kein Feuer brannte. Irgendwo würde sich schon ein Zimmer auftreiben lassen. Warum liess er sich Zeit mit der Suche? Es war ein grosses Risiko, wenn er kein Zimmer fand. Für Pet Richter wäre es einfach, ihn hier ausfindig zu machen. Aber vielleicht war Pet Richter ja gar nicht in die Geschichte verwickelt? Was bedeuteten schon ein Altar? Gut, dieser Mann hatte offensichtlich für Catherine geschwärmt, aber das hiess doch nicht, dass er etwas mit dem Mord zu tun hatte. Zudem war es gar nicht Catherine, die tot war. Hatte Pet etwas mit dieser Geschichte zu tun? Pet war nicht zur Arbeit erschienen. Das konnte ganz andere Gründe haben. Und der Wagen? Auch der musste nicht ihm gehören. Es gab tausende Wagen mit Zürcher Kennzeichen. Warum also solche Panik? Er wollte trotz der Gefahr in der Nähe von Catherine sein. Hier spürte er ihre Anwesenheit. Die Vorhänge. War es Catherine, die hier gewesen war? Er fand keine andere Erklärung. Hier hatten sie wunderschöne Stunden verbracht, hier waren sie glücklich gewesen. Zudem waren sie zu zweit hier. Konnte Arthur ihm helfen, falls es gefährlich werden würde? Arthur schien immer noch zu schlafen, er konnte aus dem Gästezimmer keinen Laut vernehmen.

Das Klingeln an der Tür riss ihn aus seinen Gedanken. Christian zuckte zusammen und hielt den Atem an. Wer konnte das sein? Er steckte sich ein Messer unter sein Hemd und kam sich dabei ziemlich albern vor. Langsam schlich er durchs Wohnzimmer zum Fenster. Wenn er dort hinausschaute, konnte er erkennen, wer vor der Türe stand. Vorsichtig schob er die Gardienen zur Seite und sah die Frau. Er kannte sie nicht. Sie war mittelgross und hatte lockige, dunkelbraune Haare. In diesem Moment blickte die Frau zu ihm hin. Hatte sie ihn gesehen? Er erkannte, dass sie ihn gesehen haben musste, denn sie sah ihn an und fuhr mit der Hand in ihre Jackentasche. Instinktiv griff Christian fester nach seinem Messer. Die Frau hatte einen Ausweis hervorgeholt. Christian trat zur Türe und öffnete sie einen Spalt weit.

„Guten Tag Herr Falk. Antoinette Walker ist mein Name. Ich bin die Assistentin von Kommissar Andersen.

Hier ist mein Ausweis."

Christian öffnete die Türe weiter, das Messer legte er neben sich auf eine Kommode. „Wie kommen Sie von Zürich so schnell hierher? Und warum sind Sie hier?"

„Kommissar Andersen hat mich informiert, dass Sie hier sind. Ich war heute Morgen in Bern wegen einer privaten Angelegenheit und dachte, ich schaue in diesem Fall kurz vorbei, ob alles in Ordnung sei."

„Herr Andersen hat die örtliche Polizei eingeschaltet, diese hat sich bereits versichert, dass hier nichts Auffälliges ist."

„Ja, darüber bin ich informiert. Darf ich wohl trotzdem kurz reinkommen?"

Christian liess sie eintreten. „Ich wollte etwas kochen. Wenn Sie wollen, können Sie hier essen."

„Das Essen ist gleich fertig!", verkündete Christian. Antoinette und Arthur setzten sich an den grossen Esstisch.

„Woher haben Sie die Zutaten für ein solches Menu gezaubert?", fragte Antoinette.

„Wir haben eine grosse Gefriertruhe im Keller", antwortete Christian.

„Haben dort drin Lebensmittel gefehlt?"

Christian zuckte unmerklich zusammen, fasste sich aber sehr schnell wieder. Es fehlten tatsächlich ein paar Lebensmittel! Da er meistens kochte, wusste er ziemlich genau Bescheid über den Inhalt der Truhe und er war sich ziemlich sicher, dass ein Brot und andere Sachen fehlten. Aber er wollte Antoinette nichts davon sagen. Noch nicht! „Das habe ich mir auch überlegt. Es ist schwer zu sagen, es war meistens Catherine, welche die Truhe gefüllt hat", gab er ausweichend zur Antwort und betete, dass Antoinette sein Lügen nicht bemerkte.

„Aber Sie sind es doch, der meistens kocht, oder? Wenn ich sehe, was für ein Festmahl Sie uns hier auf den Tisch zaubern."

Antoinette war nicht dumm, das musste er zugeben. „Nicht immer. Catherine machte das auch sehr gut, wir wechselten uns ab. Sorry!" Christian zuckte mit den Schultern.

Das Nachtessen schmeckte allen ausgezeichnet. Arthur kam aus dem Schwärmen nicht mehr heraus und auch Antoinette lobte seine Kochkünste in den höchsten Tönen. Sie dachte an das Essen bei Andersen gestern Abend und seufzte leise. Die Erinnerungen waren warm. Zum Glück bemerkten die andern ihren romantischen Gedankenabstecher nicht. „Wo wollen Sie übernachten?", fragte Antoinette.

„Eigentlich habe ich ein Hotelzimmer suchen wollen. Aber jetzt habe ich mich entschlossen, doch hier zu schlafen."

Antoinette schwieg. „Sie lieben sie sehr", sagte sie schliesslich.

„Ja", gab Christian zu.

„Aus Sicherheitsgründen ist es nicht sinnvoll, wenn Sie hier übernachten", mahnte Antoinette und fuhr fort, bevor Christian mit einem Protest weiterfahren konnte. „Ich mache Ihnen ein Angebot. Ich bin auch nicht sonderlich darauf erpicht, heute Abend noch nach Zürich fahren zu müssen. Sie können hier schlafen, unter Polizeischutz. Ich übernachte ebenfalls hier im Haus."

Christian dachte nach. Konnte er darauf vertrauen, dass sie wirklich eine Polizeibeamtin war? Woher wüsste sie sonst all die Einzelheiten? Er beschloss, dieses Angebot anzunehmen. „Also gut. Ich denke, das ist eine akzeptable Lösung."

„Sehr schön, dann informiere ich jetzt meinen Chef, dass Sie einverstanden sind!"

„Wie? Herr Andersen hat Sie also geschickt?"

„Naja, wir dachten uns schon, dass Sie kein Hotelzimmer suchen würden." Antoinette schmunzelte. „Und ich bin wie gesagt auch froh, den Heimweg heute nicht antreten zu müssen. Das ist doch fair, oder?"

„Aber haben Sie Ihre Dienstsachen dabei? Die Waffe und so?", frage Arthur aufgeregt.

„Ja, in meinem Wagen draussen. Ich hole die Sachen nachher."

Christian setzte sich auf den Sitzplatz vor dem Haus. Von weither schlug eine Kirchenuhr viertel nach neun. Es war noch nicht ganz dunkel und noch angenehm warm. „Catherine, wo bist du?", fragte er sich wohl zum tausendsten Mal. Sein Blick schweifte über das Grün vor seinem Haus, ein kleines Stück Wiese. Der Rasen sollte wieder mal gemäht werden, die Hecken, welche die Wiese begrenzten, zurückgestutzt. Würde er die Zeit hier überhaupt noch geniessen können? Ohne Catherine? Vielleicht wäre es am Besten, das Haus zu verkaufen. Aber nein! Es gab doch noch Zeichen, dass Catherine lebte. Warum also aufgeben? Er musste sie finden. Er musste sie vor allem finden, bevor die Polizei davon erfuhr. Und was war, wenn er sie fand? Warum bist du weggelaufen? Warum meldest du dich nicht? Er stand auf und ging zu einem Baum, welcher im Garten stand. Wie zwei Jugendliche hatten sie hier ein Herz in die Rinde geschnitzt. Er musste unwillkürlich lächeln. Unter dem Baum stand eine

Bank. Hier hatten sie oft gesessen und geredet. Bis tief in die Nacht. Sie hatten den Grillen zugehört, die Nachtluft genossen und die Stille. Christian setzte sich. Er blickte zum Fenster von Arthur hoch, aus welchem ein wenig Licht durch die zugezogenen Vorhänge schimmerte. Vorhänge. Catherine, hoffentlich warst du es, die diese Vorhänge im Schlafzimmer geöffnet hat! Wahrscheinlich hatte Arthur die Lampe auf dem Nachttisch eingeschaltet und genoss die Weichheit des Bettes. Er versprach sich selber, dass, wenn er Catherine finden würde, er Arthur hin und wieder ein Wochenende mitnehmen würde in dieses Haus. Der arme Kerl hatte es verdient! Er bewunderte ihn. Arthur lebte auf der Strasse und konnte dem Leben trotzdem das Beste abgewinnen. Falls er Catherine nicht finden würde, musste er dieses Haus verkaufen. Zu viele Erinnerungen, die schmerzten, waren hier in dieses Haus eingebrannt. „Catherine, warum bist du weg? Warum bist du nicht hier?", flüsterte er.

„Ich bin doch hier!", hörte er die Stimme hinter sich. Er erkannte sie sofort. Christian fuhr herum.

Catherine war blass und ein wenig magerer im Gesicht als noch vor einer Woche.

Kapitel 9

„Catherine!" Er schrie beinahe. Catherine wich zurück.

„Bitte sei nicht so laut! Schnell, gehen wir hinter den Geräteschuppen, da sieht uns keiner!"

Rasch blickte Christian zum Fenster hoch, Arthur schien nichts gehört zu haben. Und Antoinette war wahrscheinlich noch im Bad.

Sie setzten sich hinter dem Geräteschuppen auf den Boden ins Gras. Vor ihnen schützte sie die Hecke vor ungebetenen Gästen und das Gerätehaus verdeckte den Blick zum Haus. Christian hatte keine Zeit, sich albern zu fühlen, weil sie dasaßen wie Jugendliche, die ihren ersten Joint rauchten. Er umarmte Catherine und sog ihren Duft ein. Sie roch nach Erde, er konnte aber durchaus den ihm bekannten Duft wahrnehmen, welchen er so gut kannte und liebte. Er küsste sie leidenschaftlich.

„Du hast keine Ahnung, wie sehr ich dich vermisst habe." Er weinte beinahe.

„Ich hab dich auch vermisst", flüsterte Catherine.

„Warum zum Teufel bist du weggelaufen? Was machst du hier?", fragte er.

„Es ist eine etwas komplizierte Geschichte", begann sie.

Christian unterbrach sie. „Bitte sag mir zuerst nur eins: Hast du mit dem Mord etwas zu tun?"

Catherine schwieg und sagte schlussendlich verzweifelt: „Ich weiss es nicht. Ich glaube schon."

„Warum weisst du es nicht, was ist denn passiert? Die Tote, es ist deine Zwillingsschwester, oder?"

„Ja, es ist meine Zwillingsschwester. Ich habe sie an diesem Abend zum ersten Mal gesehen. Sie hat mich nach der Arbeit auf der Strasse angesprochen. Ich hab mich so erschrocken, als ich in mein Ebenbild geschaut habe, ich hatte keine Ahnung, dass eine Zwillingsschwester von mir existierte."

„Ja, du hast auch nie etwas davon erzählt."

„Wir sind zusammen in das Hotel gefahren, in welchem sie die Nacht verbringen wollte. Ich wollte dich anrufen, aber das Telefon war besetzt."

„Ich Idiot!", fluchte Christian. „Das war wahrscheinlich gerade zu dem Zeitpunkt, als ich mit deiner Mutter telefoniert habe.

„Ja, auf jeden Fall war die Leitung besetzt. Aber du konntest ja nicht wissen, dass ich dich anrufen wollte. Mach dir bitte keine Vorwürfe." Sie hielt kurz inne.

„Und dann?", fragte Christian.

„Wir sind auf ihr Zimmer gegangen. Sie hat kurz geduscht, wir wollten nachher los, um eine Kleinigkeit zu essen. Aber dazu kam es nicht. Wir bekamen Streit. Sie fragte mich, warum ich nie nach ihr gesucht hatte. Dass ich nichts von ihr gewusst habe, hat sie mir nicht geglaubt. Sie wusste nichts davon, dass unsere leibliche Mutter gestorben war. Das alles an einem Abend zu erfahren, war wahrscheinlich sehr schlimm für sie."

Christian nickte.

Plötzlich stürzte sie auf mich los, ich stiess sie zurück und dabei stolperte sie über die Schwelle des Balkons, welcher offen stand. Sie versuchte noch, sich aufzufangen, aber sie stürzte mit dem Kopf ans Geländer. Sie lag regungslos da und blutete auf der Stirn. Ich habe sie ins Zimmer reingezogen, aber sie hat nicht mehr geatmet... Ich vermutete, dass sie tot war, ich fühlte keinen Puls mehr... Aber ich war nicht sicher, meine Hände zitterten. Da habe ich ihr meine Kleider angezogen..." Catherine begann zu weinen. „Ich dachte, man würde dann glauben, dass ich die Tote sei und ich könnte fliehen. Ich weiss, das war keine gute Idee, ich hätte mich stellen sollen. Ich hätte gleich zur Polizei gehen sollen um alles zu erklären. Aber ich hatte solche Angst. Es war furchtbar! Ich wollte das doch nicht! Bitte glaub mir das! Du glaubst mir doch, oder?"

Christian nahm sie in den Arm und wiegte sie leicht. Als ihre Tränen ein wenig versiegten, sagte er leise: „Natürlich glaube ich dir. Du hast sie nicht getötet."

„Doch! Ich habe sie gestossen! Ich bin schuld!"

„Nein Catherine. Du hast sie nicht getötet. Deine Schwester ist nicht an den Verletzungen des Sturzes gestorben, sie ist erstickt worden."

„Was? Nein!" Catherine sah ihn durch die Tränen ungläubig an. „Ich habe sie nicht erstickt, sie ist hingefallen."

„Ja, sie ist gestürzt und erst nachher erstickt worden. Die Untersuchungen haben ergeben, dass sie nach dem Sturz noch lebte und zwischen acht und neun Uhr starb.

„Aber..., wieso denn das?" Sie blickte ihn verwirrt an.

„Was hast du gemacht, nachdem du ihr deine Kleider angezogen hast?"

„Ich bin aus dem Zimmer gestürzt. Ich habe ihren Koffer mitgenommen und bin zum Bahnhof gerannt. Ich wollte nur noch weg. Ich habe das Handy ausgeschaltet. Ich wusste nicht, wohin ich gehen sollte. Ich habe eine

Nacht lang unter einer Brücke übernachtet." Sie weinte wieder.

Arthur hatte Recht gehabt. Der Weg zum Bahnhof führte durch den Park. Es war tatsächlich Catherine gewesen, die er an jenem Abend gesehen hatte.

„Am nächsten Tag habe ich in unserer Wohnung ein paar Sachen geholt."

Christian nickte. Der verrutschte Teppich. Also kein Einbrecher! Das war Catherine gewesen. Wenn er nur damals schon alles gewusst hätte. Aber Moment mal! Er hatte den Teppich am Mittwoch bemerkt. Catherine behauptete aber, am Dienstag in der Wohnung gewesen zu sein. „Bist du sicher, dass du am Tag danach in unserer Wohnung warst?", fragte er.

Catherine sah ihn erstaunt an. „Ja, ich bin sicher! Glaubst du, ich hatte Interesse, nochmals unter einer Brücke zu übernachten?"

„Nein, sicher nicht, ich wollte nur fragen, weil ich am Mittwoch das Gefühl hatte, jemand sei in der Wohnung gewesen."

„Nein, es war am Dienstag, ganz sicher!"

Christian überlegte kurz, es gab zwei Möglichkeiten. Entweder, jemand anders war am Mittwoch in seiner Wohnung gewesen. Aber dann war immer noch die Frage offen, warum der Teppich vor der Eingangstüre verrutscht war, wo doch der Einbrecher wahrscheinlich durchs Fenster geklettert war, denn an der Türe gab es keine Spuren. Oder er war tatsächlich soweit geheilt, dass er am Mittwochmorgen vor lauter Gedanken den Teppich nicht beachtet hatte. Das schien ihm die plausiblere Möglichkeit. Auch irgendwie die angenehmere.

„Was ist?", fragte Catherine irritiert.

„Ach nichts." Er wollte sie nicht beunruhigen. Weder mit der Möglichkeit, dass jemand in der Wohnung gewesen war, noch mit der Tatsache seines Zwangs. Obwohl er jetzt ja vielleicht davon befreit war. „Und du hast mir einen Brief in den Briefkasten gelegt", stellte er fest.

„Ja. Ich war so durcheinander. Ich wollte nur noch weg. Aber ich wollte nicht, dass du dir Sorgen machst. Ich hatte solche Angst. Ich hab alles nur noch schlimmer gemacht. Ich dachte doch, ich hätte Ramona umgebracht!" Wieder begann sie zu weinen. „Da kam mir das Ferienhaus in den Sinn. Hier habe ich die letzten Tage verbracht, aber ich war sehr vorsichtig. Ich habe euch kommen hören und bin hierher in den Garten geflüchtet."

Christian nickte.

„Wer ist eigentlich dieser Mann, der mit dir gekommen ist?"

„Das ist Arthur. Aber ich erzähle dir später von ihm. Warum hast du dich nicht gemeldet? Ich hätte dir doch geholfen."

„Ich weiss es nicht genau, ich war so durcheinander, ich brauchte Zeit. Morgen wäre ich zur Polizei gegangen und hätte alles gestanden. Ich wollte dich nicht mir reinziehen."

„Wieso mit reinziehen?"

„Du bist doch mein Verlobter. Ich wollte das nicht alles kaputtmachen."

Christian verstand diese Logik nicht ganz, schliesslich hatte Catherine ja ihren Tod vorgetäuscht und damit wäre ja sowieso alles kaputt gewesen. Aber wahrscheinlich war es schwierig, logisch zu denken, wenn man glaubt, jemanden getötet zu haben. Auf eine gewisse Art und

Weise konnte er Catherine verstehen.

„Aber, warum ist Ramona denn erstickt worden?", fragte Catherine.

„Ich weiss es nicht. Die Polizei hat noch nicht alles herausgefunden."

„Und das wird sie auch nicht!"

Catherine und Christian fuhren herum. Neben ihnen stand Pet Richter und zielte mit einer Waffe auf sie.

„Schön ruhig bleiben!", befahl er.

Christian zog Catherine zu sich heran und starrte auf den Lauf der Waffe. „Du hast Ramona getötet", flüsterte Catherine. „Das war nicht ich."

„Erraten! Aber damals wusste ich noch nicht, dass es sich um deine Schwester handelt. Ich dachte, du seist es!"

Catherine zuckte zusammen.

„Ich erkannte deine Kleider, als ich dich da im Zimmer liegen sah. Ich bin euch ins Hotel gefolgt und habe deine Schwester rauskommen sehen. Ich dachte, es sei deine Schwester! Da dachte ich, ich frage mal, wie es dir geht! Ob du dich freust auf deine Heirat mit dem da!" Er zeigte auf Christian. „Ich hab noch einen Moment gewartet, hab mich hübsch gemacht für dich in einer Toilette. Dann bin ich raufgegangen und wollte dich überraschen. Nie wolltest du mit mir ausgehen! Nie!" Er verzog das Gesicht. „Du hast mich nicht erhört, du hast mich immer nur abblitzen lassen! Dabei gehörst du mir!" Er lachte teuflisch. „Wenn du das nicht willst, sollst du auch keinem andern gehören. Und jetzt bin ich ja noch rechtzeitig gekommen. Jetzt kann ich mich entscheiden, ob ich dich oder deinen Ehemann umbringen soll, das ist gut."

„Wie hast du herausgefunden, dass die Tote nicht Catherine war?", fragte Christian ruhig. Er wollte Zeit gewinnen.

„Es war ein Muttermal am Arm, die Tote hatte ein Muttermal am Arm. Das habe ich bemerkt, leider zu spät, erst, als sie nicht mehr geatmet hat. Als ich dieses Kissen von ihrem Gesicht genommen habe." Er atmete schwer. „Du hast kein Muttermal. Ich habe dich ganz genau betrachtet. Immer wieder habe ich deine schönen Arme betrachtet. Ich kenne dich." Er lachte höhnisch. „Zufällig hat gestern jemand in der Bibliothek erwähnt, dass es dieses schöne Ferienhaus gibt. Ich habe ein bisschen nachgefragt. Zum Glück hast du den Leuten dort davon erzählt. Da dachte ich, ich schau mal vorbei." Er grinste. „Wie ich sehe, bin ich nicht umsonst gekommen."

„Ich denke doch! Runter mit der Waffe!" Antoinette stand an der Ecke des Geräteschuppens und zielte mit ihrer Dienstwaffe auf Pet.

Dieser machte einen Satz nach vorne und stürzte sich auf Catherine, riss sie von Christian los und hielt ihr die Pistole an den Kopf! „Keine Dummheiten. Wenn ihr mir nicht gehorcht, drücke ich ab!"

„Nein! Tu ihr nichts!", schrie Christian verzweifelt. Antoinette senkte die Waffe. „Waffe her!", befahl Pet.

Antoinette kickte ihm die Pistole mit dem Fuss zu, sie landete vor ihm auf dem Boden.

Pet hielt mit dem einen Arm Catherine umklammert, mit dem andern hielt er ihr noch immer den Lauf an die Schläfe. „Ah, da hat jemand Angst um seine Frau. Hätte ich auch an deiner Stelle." Er stiess die Waffe von Antoinette mit dem Fuss durchs Gebüsch auf die andere Seite.

„So, jetzt machen Catherine und ich eine hübsche Ausfahrt. Falls ihr uns folgen solltet, drücke ich ab. Ist das klar? Und ja keine Spässchen. Ihr wisst ja, dass ich vor nichts zurückschrecke, ja, das wisst ihr."

Christian wollte sich auf ihn stürzen, aber Antoinette machte ihm ein Zeichen, ruhig zu bleiben.

Pet schritt rückwärts mit Catherine durch den Garten zu einem Wagen, welcher dort auf der andern Strassenseite parkiert war. Er war mittelgross und silbrig und hatte ein Zürcher Kennzeichen. Pet stiess Catherine brutal in den Wagen und warf sich selber auf den Führersitz.

In diesem Moment hätte sie wahrscheinlich fliehen können, aber sie wusste, dass Pet in diesem Fall sofort geschossen hätte. Sie blickte hilfesuchend zu Christian und Antoinette.

Christian verstand nicht, warum Antoinette so seelenruhig stehenblieb. „Machen Sie doch was!", rief er verzweifelt.

„Tu ich doch!", gab sie ihm zur Antwort. Ihre Stimme klang ruhig.

Christian blickte sie nur verständnislos an.

Pet startete den Wagen und schoss vorwärts.

„Keine Angst, sie werden nicht weit kommen. Gehen wir ins Haus zurück."

„Was soll das heissen, sie kommen nicht weit?", schrie Christian. „Was wollen Sie damit sagen?"

Ein breit grinsender Arthur kam ihnen entgegen. „Hey Doc. Ich weiss jetzt, wie man dieses Handy bedient. Ich hab die Polizei verständigt", verkündete er stolz.

„Keine Angst Herr Falk, die werden ihn schnappen", meinte Antoinette.

„Und wenn er sie erschiesst?" Christan war am Ende seiner Nerven.

„Keine Angst. Die Polizei kann mit solchen Situationen umgehen", beruhigte sie ihn.

„Ja, das hab ich gesehen vorhin", brummte er.

„Ich habe so reagiert, weil ich wusste, dass es einen geeigneteren Moment geben würde, ihn zu stellen", erklärte sie ihm ruhig.

Im Haus erklärte Antoinette weiter. „Als ich aus dem Bad gekommen bin und Sie im Haus nicht gefunden habe, hab ich Arthur geweckt. Ich erteilte Arthur den Crashkurs in Sachen Handybedienung und wies ihn an, alles durchs Fenster zu beobachten und Monsieur Cattin darüber zu verständigen, was passiert ist, falls das nötig sein würde. Ich suchte Sie und hörte die Stimmen hinter dem Gerätehaus. Ich habe alles gehört. Somit ist Catherine offiziell als unschuldig erklärt, was den Mord betrifft.

„Das nützt mir jetzt auch nichts. Wir müssen sie suchen!" Christian sprang auf.

„Das bringt nichts. Die Polizei wird das Gebiet grossräumig durchsuchen", beruhigte ihn Antoinette.

„Hast du der Polizei auch alles richtig erklärt?", fragte Christian Arthur gereizt.

Dieser machte ein beleidigtes Gesicht. „Na hör mal, für wie dumm hältst du mich eigentlich?"

„Sorry, war nicht so gemeint", entschuldigte sich Christian.

„Wir können momentan nichts weiter tun als warten", fuhr Antoinette fort. „Ich werde jetzt meinen Chef informieren. Arthur, würdest du uns allen einen Kaffee machen? Ich glaube ja nicht, dass jetzt jemand ans Schlafengehen denkt."

„Kaffee, geht in Ordnung. Christian erklärst du mir, wie die Kaffeemaschine funktioniert?"

Christian stöhnte und nickte dann aber. Er war ja ein lieber Kerl, aber hoffentlich hatte er sich am Telefon mit der Polizei nicht ebenso hilflos angestellt!

„War ein Witz", lachte Arthur.

„Gut, dass du noch lachen kannst", knurrte Christian.

„Lachen ist immer besser als jammern. Hey Doc, wie eine Kaffeemaschine funktioniert, weiss ich gerade noch knapp." Die beiden verschwanden in der Küche.

Antoinette wählte die Nummer von Andersen und erzählte ihm, was passiert war. Sie war froh, mit jemandem über die Sache sprechen zu können, ihre Gelassenheit war nur Fassade. Es war ihr Job, den Überblick zu behalten und Panik zu vermeiden. Aber innerlich fühlte sie sich extrem angespannt. Catherine war noch immer in der Gewalt dieses Mörders. Sie hoffte inbrünstig, dass die hiesige Polizei ihr Handwerk beherrschte und Catherine bald befreit werden konnte.

„Bitte pass auf dich auf", sagte Andersen.

„Mach ich. Es war übrigens sehr schön mit dir gestern Abend", antwortete sie.

„Wusstest du eigentlich, dass Christian auch sehr gut kochen kann?"

Andersen räusperte sich. „Er hat es glaub ich mal erwähnt!"

„Aha. Also, ich meld mich wieder, falls es etwas Neues gibt."

„Ja, mach das! Du kannst mich jederzeit anrufen."

Antoinette lachte und legte auf.

Es klinglte an der Tür. Christian und Antoinette waren gleichzeitig im Wohnzimmer.

Draussen stand Kommissar Cattin. Er war allein.

„Wo ist Catherine?", fragte Christian.

„Wir haben den Wagen gefunden. Von den beiden fehlt

jede Spur. Wir haben einige unserer Leute im Einsatz."

„Wir müssen sie suchen! Auch wenn es bald dunkel ist. Dieser Typ ist gefährlich." Christian hatte sich bereits die Schuhe angezogen.

„Ja, da haben Sie Recht. Dieser Mann ist gefährlich. Ich fände es besser, die ganze Sache der Polizei zu überlassen", warnte Antoinette.

„Also ich komme mit", eiferte Arthur.

Antoinette verdrehte die Augen und gab sich geschlagen. Es hatte in diesem Moment keinen Sinn sich gegen zwei sture Männer zu wehren. Irgendwie konnte sie die beiden verstehen. „Wo haben Sie den Wagen gefunden?", fragte sie.

„Das darf ich Ihnen leider nicht sagen. Wir dürfen die polizeilichen Ermittlungen nicht gefährden."

Christian lief rot an im Gesicht. „Was soll hier heissen, gefährden? Ich möchte meiner Frau helfen. Ich möchte wissen, wo sie ist!"

Cattin schien mit sich selbst zu ringen. „Ich kann Sie verstehen. Ich kann Sie zu der Stelle führen, wo der Wagen steht", erbot er sich. „Aber nur unter dem Schutz von Frau Walker. Und ich bitte Sie, sich nicht in unsere Angelegenheit einzumischen."

„Ja, wir machen nichts, was Catherine schaden könnte. Und jetzt nichts wie los!", drängte Christian.

Sie stiegen in den Wagen und fuhren zur Autobahn. Bei der nächsten Ausfahrt setzten sie den Blinker und fuhren von der Autobahn auf eine Nebenstrasse. Auf einem kleinen Parkplatz, neben einem grossen Feld, stand der silberne Wagen von Pet Richter. Sie parkierten die Wagen und stiegen aus.

Auf dem Feld sah man schemenhafte Gestalten. „Das

sind meine Leute", erklärte der Kommissar. „Anscheinend müssen sie über dieses Feld geflüchtet sein. Ich muss jetzt zu meinen Leuten. Und bitte unternehmen Sie nichts." Cattin verabschiedete sich.

„Wir fahren der Strasse entlang", befahl Christian. „So kommen wir ins nächste Dorf, vielleicht suchen sie dort Unterschlupf."

„Du hast gehört, was Cattin gesagt hat. Da mache ich nicht mit!", sagte Antoinette.

„Dann gehe ich eben alleine." Christian öffnete die Wagentüre.

„Christian, mach bitte keinen Blödsinn! Du schadest Catherine auf diese Weise", beschwor Antoinette ihn. „Quatsch. Mit dem Wagen herumfahren und Ausschau halten wird ihr kaum schaden. Es ist dunkel."

Antoinette gab sich geschlagen. Die drei stiegen wieder in den Wagen und fuhren auf der Hauptstrasse weiter. Mittlerweile war es wirklich stockdunkel und es hatte praktisch keinen Verkehr mehr auf der Strasse. Es brannten auch keine Strassenlaternen, die ganze Gegend war fast unbewohnt. Sie fuhren über eine Brücke. Darunter konnte man trotz der Dunkelheit einen Fluss erkennen

Brücke!

Christian bremste den Wagen so abrupt, dass Arthur, welcher auf dem Rücksitz sass, gegen den Vordersitz prallte.

„Hey, was soll das?", rief er und rieb sich die Stirne.

„Vielleicht sind sie unter dieser Brücke!"

„Wie kommen Sie denn darauf?", fragte Antoinette verwundert. „Haben Sie plötzlich hellseherische Fähigkeiten?"

„So ähnlich. Es ist nur ein Verdacht. Ich erklär es Ihnen

später. Wir müssen vorsichtig sein. Ich fahr noch ein Stück weiter, damit kein Verdacht entsteht.

Antoinette schüttelte den Kopf.

Christian fuhr etwa hundert Meter weiter an den Strassenrand, nahe einem Wiesenbord, welches etwa zwei Meter in die Tiefe auf eine Wiese führte.

„Was willst du jetzt tun?", fragte Antoinette, obwohl sie die Antwort eigentlich schon kannte.

„Catherine suchen."

„Nein, Christian, das geht zu weit! Wir informieren Cattin!"

„Bis der hier ist, ist es vielleicht schon zu spät. Und Cattin wird mir auch nicht glauben."

„Was wird er dir nicht glauben?"

„Es ist nur ein Gefühl. Ich bin sicher, dass Catherine in der Nähe ist. Aber Cattin wird nicht aufgrund meines Gefühls seine Pläne ändern."

Antoinette seufzte, sie sah ein, dass es keinen Sinn hatte, Christian von seinem Plan abzubringen. „Also gut, aber ich komme mit."

Die drei stiegen aus. „Du bleibst hier!", befahl Christian Arthur. „Falls wir in zehn Minuten nicht zurück sind, informierst du die..."

„...Polizei, ich weiss! Hey, bekomme ich auch mal einen anspruchsvolleren Job?"

„Das ist anspruchsvoll, Arthur. Das ist sogar der wichtigste Job in dieser ganzen Sache. Und jetzt los!"

Er und Antoinette kletterten, oder rutschten eher, das Bord hinab und blieben auf der Wiese im Schatten des Bordes stehen. Schemenhaft konnten sie den Fluss erkennen, welcher durch die Wiese floss. Ab und zu war ein leises Gluckern zu hören. Das Wasser schien nicht tief zu sein. Auf der Brücke strahlte schwach eine Strassenlaterne, so dass die Brücke in einem gespenstischen Licht erschien.

Im Schutz des Bordes tasten sie ich vorwärts Richtung Brücke. Das Gras des Bordes kitzelte an ihren Armen und immer wieder traten sie in Erdlöcher. Christian gab sich alle Mühe, um nicht zu stolpern und tastete sich weiter.

Als sie etwa zwanzig Meter von der Brücke entfernt waren, hob Antoinette die Hand. Christian blieb hinter ihr stehen. Er versuchte, seinen Atem unter Kontrolle zu halten. Kalter Schweiss drang ihm aus allen Poren.

„Was ist?", flüsterte er fast unhörbar.

„Ich dachte, ich hätte eine Bewegung gesehen", gab Antoinette leise zurück.

Sie horchten, hörten aber nichts und wollten schon weitergehen, als Antoinette ihn sanft am Arm packte. Sie drückte sich an das Wiesenbord in die Dunkelheit. Christian folgte ihrem Beispiel und hielt den Atem an. Er wurde beinahe ohnmächtig vor Angst und Anspannung.

Jetzt sah er ihn auch. Am Wasser nahe der Brücke kniete ein Mann. Es war Pet Richter, wie die beiden im fahlen Licht erkennen konnten. Er schien sich im Wasser die Hände oder etwas anderes zu waschen.

Wo um Himmels Willen war Catherine?

In diesem Moment drehte sich Pet um und blickte in ihre Richtung. Er starrte in die Dunkelheit.

Antoinette und Christian hielten den Atem an und drückten sich noch mehr in den Schatten des Wiesenbords.

Pet schien sie nicht gesehen zu haben, denn er drehte sich wieder um und hantierte weiter im Wasser.

Was machte er? Antoinette zeigte Christian, dass er hier bleiben solle. Sie selber pirschte sich lautlos nach vorne. Die Beine von Christian verloren ihre Kraft, er ging in die Hocke.

Antoinette schlich lautlos durch das Gras und befand sich jetzt nur noch wenige Meter hinter Pet.

Wie mutig sie ist, dachte Christian.

Sie zog ihre Waffe aus dem Halfter. „Peter Richter. Drehen Sie sich langsam um. Die Hände nach oben!" Sie machte einen weitern Schritt auf Pet zu.

Dieser wirbelte herum und verzog das Gesicht zu einer hässlichen Grimasse. Er streckte ihr die Hände entgegen. „Da, nehmen Sie! Falls Sie Handschellen dabeihaben!"

Antoinette trat blitzschnell auf ihn zu und drehte ihm die Arme auf den Rücken. „Ob Sie es glauben oder nicht, Herr Richter. Die Handschellen habe ich dabei!" Ein leises Klicken verriet, dass sie diesen Satz ernst meinte.

Pet Richter wand sich wie eine Schlange in Antoinettes Umklammerung.

„Wo ist Catherine?", fragte sie. Aber eigentlich war dieser Satz unnötig, wie sie jetzt erkennen konnte, denn unter der Brücke lag zusammengekauert und gefesselt eine weitere Person. Es konnte sich nur um Catherine handeln.

Christian sass schon neben ihr und zerrte ihr vorsichtig das Klebeband vom Mund. Sie wimmerte leise. Als nächstes löste er ihre Fesseln an den Händen. Christian hielt sie fest umschlungen und streichelte ihr durchs Haar. „Es ist ja gut! Ich bin bei dir", flüsterte er beruhigend.

Endlich tauchte ein Beamter auf, mit einem grossen Schäferhund an der Leine. Er hielt seinen Daumen in die

Höhe, als er Antoinette mit Pet Richter in Handschellen stehen sah.

„Gute Arbeit, Kollegin", lobte er und nahm Pet in Empfang. „Wie haben Sie herausgefunden, dass er hier ist?"

„Das müssen Sie Christian Falk fragen. Ich weiss es nicht." Sie zeigte auf Christian, welcher noch immer neben Catherine unter der Brücke kauerte.

„Naja, Hauptsache, wir haben ihn. So, und wir steigen jetzt dieses Bord hinauf", sagte der Beamte zu Pet und stiess ihn in den Rücken.

„Ja, schon gut. Ich habs begriffen."

Es war nicht einfach, mit gefesselten Händen das Bord raufzuklettern, aber schlussendlich konnte Antoinette erkennen, wie die beiden im Polizeiwagen verschwanden.

„Braucht Catherine einen Krankenwagen?", fragte sie.

„Nein, es geht schon, danke.", antwortete Catherine. „Ich bin so froh, dass das alles vorbei ist." Die Tränen rannen ihr übers Gesicht.

„Komm, wir gehen zum Wagen zurück und fahren nach Hause", sagte Christian und half ihr beim Aufstehen.

Catherine konnte sich kaum auf den Beinen halten und Christian half ihr so gut es ging, das Bord hinaufzuklettern.

Arthur sprang aus dem Wagen und rief: „Gott sei Dank!" Aber anstatt irgend jemand zu beachten, rannte er ein paar Meter vom Wagen weg und blieb stehen.

„Was macht er?", fragte Christian verdutzt.

„Ich glaube, er pinkelt", schmunzelte Antoinette.

Es war lange nach Mitternacht, aber niemand konnte schlafen. Sie sassen im Wohnzimmer und redeten. Antoinette hatte Andersen über den Verlauf der Dinge informiert. Catherine sass eingemummt in einer Decke neben Christian und sagte nicht viel.

„Eins müssen Sie mir noch erklären", sagte Antoinette. „Warum haben Sie bei dieser Brücke gewusst, dass Pet in der Nähe ist?"

Christian suchte nach den richtigen Worten. „Ich hoffe, ihr haltet mich jetzt nicht für verrückt. Ich war bei einer Wahrsagerin. Sie hat eine Brücke gesehen und gesagt, dass Catherine in der Nähe ist. Das ist mir plötzlich in den Sinn gekommen, als wir über diese Brücke gefahren sind. Ich hatte plötzlich ein ganz starkes Gefühl, das mir sagte, dass ich darauf achten soll."

Catherine war auf einmal hellwach und sah ihn erstaunt an. „Du warst bei einer Wahrsagerin? So kenne ich dich ja überhaupt nicht."

„Ja. Ich weiss. Normalerweise glaube ich nicht an solche Sachen, aber ich war so verzweifelt."

Catherine lächelte und strich ihm kurz übers Haar. „Zu jenem Zeitpunkt wusste aber diese Wahrsagerin doch noch gar nicht, dass eine Brücke im Spiel sein soll", meinte Antoinette ungläubig.

„Ich kann es dir nicht erklären. Es war einfach ein Gefühl", antwortete Christian. „Vielleicht war es ganz einfach nur Zufall. Sie hat auch irgendwas von deinem Bauch gesagt, Catherine."

„Ich hatte fürchterliche Bauchschmerzen", sagte Catherine. „Wahrscheinlich vor Angst. Jetzt gehts besser. Die letzten Tage waren ziemlich schimm. Diese Ungewissheit, ständig diese Bilder im Kopf. Zum Glück wusste ich nicht, dass Pet hinter mir her war. Ich kann selber nicht verstehen, warum ich nicht einfach zur Polizei gegangen bin. Ich dachte ja, ich sei schuldig und hatte einfach solche Angst." Sie seufzte.

Christian fragte: „Warum hat dich in der Bahn eigentlich niemand erkannt? Dein Bild war ja in der Zeitung."

„Das war wahrscheinlich einfach Glück. Die meiste Zeit sass ich auf der Toilette und gab vor, ich hätte Durchfall." Catherine verzog den Mund. „Eine Lüge war das nicht mal. Ich wohnte hier im Haus und rechnete natürlich damit, dass du hier auftauchen würdest. Ich wusste nicht einmal, ob ich davor Angst hatte oder ob es mich erleichtern würde."

„Ich denke, es ist das Beste, wenn wir jetzt ins Bett gehen", meinte Antoinette. „Es ist spät."

Arthur war auf dem Sofa eingenickt, sie mussten ihn wecken und er taumelte Richtung Gästezimmer.

Antoinette mache es sich auf dem Sofa bequem.

Christian und Catherine machen sich auf den Weg ins Schlafzimmer.

„Du weißt nicht, wie froh ich bin, dass du jetzt neben mir liegst", sagte Christian. Er hielt ihre Hand. „Ich habe tausend Ängste ausgestanden in den letzten Tagen. Als ich vernahm, dass du tot seist, ist meine Welt zusammengebrochen. Meine ganze Zukunft war mit einem Schlag wie ausgewischt." Ihm kam etwas in den Sinn. „Was bedeuten eigentlich die Kreuzchen in deiner Agenda?"

„Kopfschmerzen"

Christian nickte und lachte. „Wusstest du, dass deine Schwester schwanger war?"

„Ja, sie hat es mir erzählt." Catherine blickte ihn an. „Aber nicht nur sie. Ich wollte es dir an jenem Abend erzählen." Catherine lächelte. „Das war einer der Gründe, warum ich das Gefühl hatte, alles zerstört zu haben, warum ich geflohen bin, warum ich Zeit brauchte. Ich wusste nicht, ob ich das einem Kind antun möchte. Eine Mutter als Mörderin. Eine Mutter, welche ihr Kind im Gefängnis zur Welt bringt. Aber jetzt ist ja alles gut." Sie fasste sich mit der Hand den Bauch und streichelte ihn sanft.

„Oh, Catherine..." Christian hielt sie fest umschlungen und küsste sie zärtlich. „Ich freue mich so!"

Sie lagen minutenlang einfach nur still nebeneinander, bis Catherine das Schweigen brach. „Sag mal, warum hast du eigentlich Arthur mitgenommen? Woher kennst du ihn?"

„Arthur", Christian sprach den Namen beinahe feierlich aus. „Ich habe ihm viel zu verdanken. Er hat dich gesehen, an jenem Abend im Park. Er hat eine Zeitlang als Einziger auf dieser Welt an dich geglaubt. Er hat dich keine Sekunde für tot erklärt. Und dafür werde ich ihm ein Leben lang dankbar sein. Ein Leben lang und länger."